황매산이 키운 브로치 꽃

정정환 자서전

황매산이 키운 브로치 꽃

정정환 자서전

시와 소금

■ 정정환 대표

| 정정환 약력 |

· 1959년 경남 합천 출생.
· 부산기계공업고등학교 배관과 10회 졸업
· 동명대학교 및 부산대학교 경영대학원 AMP 졸업
· 현대중공업㈜ 근무
· ㈜남경CRUX 근무
· 한국브로치㈜ 대표이사
· 성실납세자 표창(국세청 2009년)
· 백만 불 수출의 탑 수상(한국무역협회 2012년)
· 유망중소기업 선정(기업은행 2015년)
· 경영혁신기업 표창(중소기업청 2016년)
· 한국일보 혁신기업 대상(2016년)

꽃 피우고 싶었던 꿈을 보듬으며…

지금쯤 황매산에는 꽃불이 훨훨 타오르고 있을 것입니다. 늦은 봄, 봄꽃들이 지고나면 마지막으로 고향 뒷산을 선홍빛으로 물들이던 철쭉꽃이 올 해는 더 붉고 곱습니다. 살아온 날들을 돌이켜 더듬어 보는 눈길이 그윽해서 그런가 봅니다.

나는 자서전을 낼만큼 내 살아온 날들을 자랑할 것도 없고 또 글을 쓰는 문학과는 거리가 먼 삶을 살아 왔습니다. 공업고등학교를 졸업하고 평생 산업현장에서 기름밥을 먹고 살아 온 소위 '공돌이'라서 더욱 그렇습니다. 그렇지만 늘 가슴 한구석에는 어릴 적부터 간직해 왔던 문학 소년의 꿈이 칭얼거리며 틈틈이 나를 끄적거리게 했습니다. 그렇게 써 놓았던 내 삶의 발자취들을 다듬어 봅니다.

아직도 할 일이 태산 같은 지천명의 고갯마루를 넘으며 지난날들을 돌이켜 보는 까닭은 헤아릴 수 없지 많지만 무엇보다도 더 열심히 살아야겠다는 다짐이 가장 으뜸인 것 같습니다. 그림자가 길게 드리울수록 석양이 가깝듯 내가 열정을 다해 땀 흘려 일할 시간도 그렇듯 넉넉하지 않다는 깨달음입니다.

또한 감사를 드리고 싶어서입니다. 살아오는 동안 부족한 내가 이렇게 지난날들을 돌이켜 볼 수 있는 것도 어쩌면 내 버팀목이 되어 주셨던 수많은 분들의 정성 덕분이고 늦었지만 나도 누군가의 버팀목이 되어 주는 것이 그분들에게 보은하는 길이라는 마음에서

입니다.

그리고 무엇보다도 자애하고 싶어서입니다. 자애라는 바탕없이 자비로울 수 없듯 스스로와 내 삶을 사랑하지 않으며 세상과 사람들을 사랑한다는 것은 땀 없는 바람에 불과하다는 생각이 앞섭니다. 나처럼 가난한 집안에서 태어나 기술을 배워 산업화 시대의 밀알로 살아온 '조국근대화의 기수'들의 녹록치 않았던 삶을 스스로 기리고 긍지로 삼고 싶은 마음도 담습니다. 그래서 이 부족한 고백이 정년을 앞둔 산업현장의 친구들과 동년배 산업역군들의 가없는 희생에 작은 꽃다발이면 참 좋겠습니다.

가난을 짊어지고 태어났지만 그 가난을 이겨낼 수 있는 몸과 마음을 물려주신 부모님과 형제들, 나를 가르쳐 주시고 이끌어 주신 학창시절의 은사님들과 사회 여러 기업체의 은인들, 함께 땀 흘리며 회사를 일구어 온 동료 회사 가족들, 늘 고마운 친구들, 그리고 늘 곁에서 나를 지켜주고 기다려준 아내와 아들, 딸이 내 삶의 값진 참꽃이었음을 이 책을 통해 속삭이고 싶었습니다.

이 책이 발간되기까지 부끄러움마저도 곱게 다듬어 주신《시와소금》임동윤 시인님과 격려를 아끼지 않은 고등학교 동기 문인친구들에게 깊은 감사를 드리며 훗날 더 아름다운 이야기 꽃을 함께 피우고 싶은 마음도 간직합니다.

2016년 5월에
저자 정정환

황매산이 키운 브로치 꽃

|차례|

■ 책머리에

PART 1 그리운 내 고향 합천 대병

PART 2 조국 근대화의 기수

그리운 내 고향 합천 대병

▲ 고향마을과 합천댐

내 고향 합천 대병

사람들은 저마다 가슴에 그리운 고향에 대한 아름다운 추억을 간직하고 살아간다. 첩첩산중으로 둘러싸인 산골마을이 고향인 사람들은 깊은 골짜기 만큼 그리움은 더 아련하고 깊다. 내 고향은 사계절이 그림처럼 아름다운 곳이다. 봄이면 이산저산마다 벌겋게 흐드러지던 참꽃을 따먹으러 다녔다. 그리고 초가집 지붕에 은은한 달빛이 하얀 박꽃을 곱게 물들이던 여름밤에는 마당에 모깃불을 피워놓고 평상에 누워 밤하늘의 별을 헤곤 했었다. 가을이면 사방으로 병풍처럼 둘러싸인 산등성이를 물들인 단풍따라 우리 마음도 붉게 타올랐고 하얀 눈으로 뒤덮인 겨울산을 바라보며 소년의 가슴에 꿈도 소복히 다졌다. 어릴 적 가난했던 기억을 보듬어 주는 고향의 추억은 어머니의 품처럼 따스하고 아늑하다.

내 고향은 경남 합천군 대병면 회양리이다. 합천댐의 남단으로 황매산이 병풍처럼 펼쳐져 있고, 낙동강 지류인 황강이 가로 질러 흘러 내려서 합천호를 이루는 곳으로 지금은 합천호 주변의 수려한 자연경관으로 관광지가 되었다. 1983년 댐 공사로 마을 대부분이 수몰되어 어릴 적 지절대던 옛 이야기들이 지금은 철따라 물안개로 피어오르는 곳이다.

요즈음, 우리 주변에 빡빡한 도시 생활에 지쳐서 공기 좋고, 물 맑은 곳을 찾아 여생을 유유자적하게 보내고 싶어 사람들이 많다. 내 고향 합천은 깨끗한 공기와 맑은 물과 함께 풍수지리적인 여건을 다 갖추고 있다. 덕유산 산맥과 이어진 주봉 황매산(해발 1,108m)을 중심으로 동쪽으로는 의룡산, 북쪽으로는 오도산이 우뚝 솟아 있고 악견산, 금성산, 허굴산 등 세 개의 큰 산이 우뚝 솟아 대병면의 하늘을 아늑하게 떠받들고 있다.

산세가 험준한 만큼 내 고향 강변에는 두물머리와 샛강이

즐비했고 일급수종인 은어를 비롯해 온갖 물고기와 출렁다리도 많았다. 황강에 놓인 돌다리를 어릴 때 친구들과 가위바위보를 하며 건너 다녔고, 가위바위보에서 져서 책보따리를 몽땅 지고 건너던 친구들을 떠올리면 웃음이 절로 난다. 소풍을 주로 갔었던 "용문정 계곡"은 사면이 기암괴석으로 둘러 싸여 있는 곳으로, 맑은 황강물이 흐르는 강변에 아름드리 나무들이 늠름하게 서 있었다. 용문정 서쪽에 사령비 고개가, 동쪽에는 신선이 내려 앉았다 갔다는 강선대가 괴석을 이루고 있어 지금도 눈앞에 아른거리는 아름다운 곳이다. 청학이 내려 앉았던 곳이었을까? 어렴풋이 기억나는 "청학마을"에 소풍을 갔었다. 어린 마음이 푸르게 물드는 듯한 느낌을 받고 왔다. 또, 산세 좋은 "청광사"라는 절에 소풍을 가서 법당안에 모셔진 불상을 향해 합장을 하고, 반배를 어설프게 했던 기억이 난다. 그때, 어린 소년은 마음속에 무엇을 기원했을까?

합천을 대표하는 황매산은 수려한 장관만큼 사시사철 계곡에서 흐르는 맑은 물로 유명하다. 동쪽으로는 장단골, 한정울을 흘러 황강을 이루고 서쪽으로는 떡갈재와 쇠손이앞을 휘감아 아래초리와 월산개울을 지나 황강과 합수된다. 합천의 모든 실개천이 흘러 황강의 큰 물줄기가 되어 합천댐을 채우

고, 넘치면 경호강을 지나 진양호댐을 거쳐 남강, 낙동강, 남해
로 흘러간다.

▲ 황매산 철쭉

　마을을 빙 둘러싸고 있는 산과 들, 사람들의 젖줄이 되는
강이 어우러져 촌락을 만든다. 비옥한 논과 밭을 일궈 오순도
순 살아가는 대병마을에는 수많은 논과 밭이 너른 들판을 이
루고 있다. 들판 이름도 정겹게 불렀다. 뒤뜰녘, 황산들, 돌머
리들, 등머리들, 알챙이들, 뒷챙이들, 흰들, 매천들, 생이골들,
굼들, 왜머리들, 상사더미들, 남은골들, 구들밭들, 연화들…….
먼훗날 내가 시인이 된다면 고향 산천의 정겨운 이름인 들뫼강

을 아름다운 사연들로 곱게 적어 시집을 내 보고 싶은 소망을 가지고 살았다.

조선을 건국한 태조 이성계의 왕사로 더 배울 것이 없다며 무학이라 불렀던 무학 대사가 우리 고장에서 태어났다. 조선 건국을 도와 왕궁 터를 정해주고 한양천도를 주도한 무학 대사가 이곳 대병면에서 태어난 것도 내 고향 합천의 수려한 산천과 깊은 관계가 있지 않을까 라는 생각을 해 본다. 합천 대병면에서 태어난 무학 대사(속명은 박자초) 집안은 부모가 왜구에게 끌려갔다 돌아와 평생 삿갓을 만들어 팔며 어렵게 하층민으로 살아 왔단다. 가난한 집안에서 태어난 무학 대사는 엄청 못 생겨서 태어나자마자 부모가 아이를 냇가에 내다 버렸는데 학들이 날아와 아이를 감싸 주는 기이한 일이 일어나자 다시 데려다 키웠다는 이야기를 어릴 적 엄마에게 들은 것 같다. 가난한 집안에 못난이로 태어나도 나라를 건국할 수 있도록 공을 세웠는데 하물며 나는, 키도 크고 허울대도 멀쩡하게 태어나 이 나라를 위해 무엇인가를 꼭 해 낼 수 있지 않을까?

내 고향 합천은 산수가 화려한 만큼 유명한 사찰도 많고 유명한 인물도 많다. 팔만대장경으로 유명한 가야산 자락의 법보사찰 해인사를 비롯해 청량사, 영암사, 법연사, 도솔사, 용주사 등 이루 헤아릴 수 없을 정도의 사찰과 스님도 많이 배출했다. 또한 합천의 인물로는 혼돈의 시대를 평정한 전두환 대통령을 비롯해 금융전문가 강만수, 김혁규 경남도지사, 안경률, 김광일 국회의원, 박태일, 박주하 시인도 합천 출신이다. 우리마을 대병면의 인물로는 권해옥 국회의원, 송대성 세종연구소장, 권영기 장군(대장), 한국국방원장을 지낸 송선용 장군 등이 있는데 특히, 평학마을에서는 국방의 요직을 맡으신 분들이 많이 태어나 장군 마을이라고도 하였다.

처자식 자랑이 팔불출이니 고향자랑은 칠불출 쯤 될까? 그렇지만 내 고향 자랑은 해도 해도 끝이 없다. 어쩌면 가난한 집안에서 태어났음에도 불구하고 내 삶의 어떠한 역경과 고난도 이겨낼 수 있는 나를 넉넉히 키워주었다. 뿐만 아니라, 세상을 살아가는 이치와 도리, 그리고 삶의 지혜까지 말없이 깨닫게 해 준 고향이라는 넉넉한 선물을 가슴에 늘 품고 있기 때문인지 모른다.

▲ 대병면 금성산의 모습

그리운 부모님

나는 1959년 12월 20일 엄동설한에 설을 앞두고 가난한 농군의 4남 2녀 6남매 중 셋째아들로 태어났다. 그해 여름에는 사라호 태풍이 한반도를 쓸고 지나갔고 어머니 뱃속에서 사라호 태풍을 맞았으니 그해 겨울은 배고픔에 더 추웠을 것이다.

나는 초계정씨 박사공파 30대손이다. 집안 조상 중에는 고려시대 문과과거에 합격하여 흥문공의 큰 벼슬까지 하신 정배걸(1세대) 선조처럼 유명하신 분도 계셨는데, 가문이 이곳 대병에 집성촌을 이루고 사신 것은 13대 할아버지 때부터이다. 27

대 할어버지가 우리 아버지의 증조할아버지셨고 이곳에서 참봉의 벼슬을 하셨는데 그런 조상님들을 모신 선산도 대병에 있다.

아버님은 평생을 시골에서 사신 전형적인 농부셨다. 넉넉하지 않은 살림에 육남매를 키우신다고 양쪽 어깨가 짓무르도록 삶의 지게를 지셨던 아버지를 생각하면 지금도 가슴이 먹먹해 진다. 그래도 늘 미소 띤 얼굴로 우리 육남매를 키우신 아버지는 슬퍼도 웃어야만 했던 하회탈 모습이셨다. 우리 고향 시골 장날이 5일과 10일이었는데, 장에 가신 아버지는 그 날 아침, 어머니께서 숯다리미로 정성들여 다려준 반듯한 두루마기가 구겨진 채 들어오신다. 어김없이 우리 어머니의 잔소리가 시작되고, 저녁밥을 다 먹을 때까지 잔소리를 하셔도 거나하게 취한 막걸리 때문인지, 허허, 허탈하게 웃고 마시던 양반탈이셨다. 그런 아버지의 모습을 맞이하시던 우리 어머니는 식솔들 굶길 수 없어 이를 악물고 살다가 턱이 빠진 이매탈이 되셨다.

그래도 아버님은 시골에서 보기 드물게 한학을 배우셨다. 해박하셨던 탓에 집안일보다 늘 동네일이 우선이었다. 집안일과 농사일은 늘 어머니의 주름살과 우리 형제들의 일복으로 돌아

▲ 부모님 회갑연 모습

왔다. 학교에 다니면서 숙제보다 먼저 소꼴을 한바지게 베어야
했고, 똥 장군은 물론 무거운 탈곡기까지도 지게에 지고 다니
며 농사일을 도와야 했다. 지금까지 살아오면서 늘 건강과 체
력만큼은 누구에게도 지지 않았다. 아마도 어릴 적 지게를 지
고 다니며 농사일을 해서 다져진 기초체력 덕분이 아닐까 싶다.

우리 어머니는 우리 고향집에서 멀지 않은 합천 대병에 사셨
던 외할아버지와 외할머니의 세 자매 중 둘째 딸이셨다. 고왔
던 15세에 중매로 아버지를 만나 결혼하셨는데 인물이 훤칠하

시고 호탕하셨던 아버지를 끔찍이 여기셨고 아버지보다도 어머니가 더 좋아하셨던 것 같다. 어머니 형제는 삼녀로 외삼촌이 없어 아쉬웠지만 대신 이모가 많아 좋았다.

　우리 어머니를 생각하면 늘 장독대가 생각난다. 자식들 걱정에 멍든 가슴은 눈물로 이른 아침 정화수 사발에 가득 채워지고, 산등성이 서리태 콩밭 매시던 설움이 노란 채송화와 빨간 맨드라미로 피어났다. 분홍 분꽃이 까만 씨로 여물던 어머니의 장독대, 지금도 고향에 가면 평생 고생만 하신 어머님의 정성이 장독대 장독마다 가득 담겨있는 듯하다. 나는 지금까지 살아오면서 어디에서도 우리 어머니 손보다 더 거칠고 억센 할머니 손을 보지 못했다. 그렇게 우리를 키우신 어머님은 자신의 몸을 거름삼아 자식을 키워 내셨고 우리 육남매는 그런 어머니 몸을 먹고 자란 육쪽 마늘이다.

▲ 부모님과 6남매 가족들

가난한 농군의 육쪽 마늘

우리 형제는 육남매이다. 큰 형님과 둘째 형님, 누님, 나, 그리고 여동생과 남동생 순이다. 4남 2녀로 형제도 많지만, 네 번째인 나는 두 분 형님과 누님, 그리고 여동생과 남동생이 있어 참 다복했다. 울타리가 되어주신 두 형님이 있어 늘 든든했고, 자상한 누님은 나를 귀여워 해주셨으며 나도 여동생을 예뻐해 주고 남동생을 돌봐줄 수 있어 좋았다.

큰 형님은 진해에서 멋진 해군으로 근무하셨다. 집안의 장남이라 해군 제대 후에는 고향을 지키며 사신다. 어머님을 모시면서 아버님이 물려주신 농사를 짓고, 양봉업에 소도 키우시며

▲ 큰 형님

마을 이용소도 운영하신다. 부지런하시기로 우리 고향에서 으뜸이라는 소문이 나섰고 그렇게 열심히 사시니 이제는 고향에서 남부럽지 않은 부자가 되셨다. 우리집안의 맏이신 큰 형님께서 그렇게 열심히 사시며 고향을 지키고 있는 모습만으로도 우리 형제 육남매에게는 힘이 되고 늘 든든하다.

둘째 형님은 일찍이 서울에서 객지 생활을 하셨다. 건축분야에서 일하셨는데 지금은 건설업을 크게 하신다. 휴가 때나 명절에 고향에 오시면 고향집을 반듯하게 고쳐 주셨고 어릴 적에 늘 나와 같이 논밭으로 일을 하러 다니고 옷가지나 책도 물려받았으며 때론 싸우기도 장난을 치는 일도 제일 많이 해

▲ 누님과 매형 가족

서 그런지 미운 정, 고운정이 든 형이기도 하다. 큰 누님은 우리집안의 살림 밑천이셨다. 부모님이 들에 온종일 일하러 나가시면 집안 살림을 도맡아 가며 형제들 거두어 키우셨다. 어머니의 손맛 그대로 음식 솜씨도 그대로 물려 받으셨다. 매형과 결혼을 하신 후 지금은 경남 진해에서 잘 살고 계신다. 늘 나에게 애살스러웠던 여동생도 도시에서 직장 생활을 하다 착한 매제를 만나 지금도 경남 마산의료원에 근무하며 행복하게 잘 살고 있고, 막내 남동생도 강원도 춘천에서 자영업에 열정을 쏟아오다 사업을 정리하고 지금은 열심히 직장생활을 하며 남부럽지 않게 잘 살고 있다.

그래도 우리 집은 시골 고향에서는 큰 집이었는데 작은 방에는 누에를 치고 어머님이 길쌈을 메신 삼베 틀이 사랑방을 차지했고, 안방과 윗방도 농사를 지은 콩, 수수 등, 곡물, 고구마가 차지하고 있었다. 주식용으로 정말 고구마, 감자 농사를 많이 지었다. 그 틈에서 우리 육남매는 등잔불을 켜고 공부를 해야만 했다. 그래도 나는 중학교 때 부터 사랑방 하나를 더 내어 공부방으로 쓸 수 있어 좋았다. 워낙 시골이라 전기가 늦게 들어오는 바람에 밤마다 등잔불을 켜 놓고 공부를 해야만 했는데 석유를 아끼려고 소나무 관솔을 가지고 불을 켜 놓고 밤새워 시험공부를 하는 날 새벽이면 코가 새카맣게 되곤 했다.

　우리 형제들은 집안 사정상 고등학교와 대학교 진학이 힘들었다. 그래서 주간에는 회사에서 일하고 야간에 학교에 다니며 공부를 했다. 나도 고등학교 졸업한 후 주경야독으로 전문대 과정 2년과 4년제 대학에 다니며 학사 과정을 마쳤고, 바쁜 와중에도 현재 대학원에서 석사과정 공부를 하고 있다. 평생 공부하는 즐거움을 누리고 싶고, 공학 박사학위도 꼭 갖고 싶다.

▲ 둘째형, 여동생과 함께

　이렇게 자라 온 우리 육남매는 특별히 잘 나지도 못했고 자랑할 것은 없지만 형제들 간의 우애만큼은 어느 집과 비교해도 부족함이 없다고 자부한다. 우리 육남매는 형제 계를 만들어 부모님 기일과 생신 그리고 명절 때마다 만나 우애를 다지고 있다. 그리고 형제들 간에 서로 돕고 의지하며 오순도순 사는 것이 좋다. 가지 많은 나무 바람 잘날 없듯이 자식들 걱정하시는 부모님들에게 이렇게라도 만나서 효도하고 기쁨을 드리는 것이 좋은 기회라고 생각한다.

▲ 사진 : 누나(위), 여동생과 함께(아래)

대병초등학교 목정자 선생님

내가 다닌 학교는 대병초등학교다. 동네에서 제일 큰 건물이었던 우리 학교는 학년별로 두 개 반이 있었는데 이 마을 저 마을 소꿉친구들이 모두 모여서 꿈을 키우는 곳이었다. 담임 선생님 성함은 목정자 선생님이셨다. 어여쁘신 목정자 선생님이 나를 많이 예뻐해 주셔서 학교생활은 늘 즐겁고 행복하였다. 짓궂은 녀석들이 가끔 선생님의 치마를 들추어 장난을 치곤했는데 반장을 했던 나는 친구들을 혼내주고 식식거리며 화를 냈던 기억이 지금도 나를 미소 짓게 한다.

그렇게 나를 귀여워 해주셨던 선생님들 덕분에 나는 늘 열심히 공부하였고 숙제도 잘하여 칭찬을 받았다. 학교에서 열린 학예대회에 나가면 상을 타는 소위 "우등생"이었다. 매년 놓치지 않고 우등상을 받았는데, 한번은 4학년 때 우등상을 놓치게 된 일이 있었다. 담임 선생님께서 아는 아이라고, 나보다 성적이 좋지 않았는데도 그 아이에게 우등상을 준 사실을 알게 된 아버지가 학교 교무실에 찾아와 전모를 밝히고 교무실을 발칵 뒤집어 놓으신 것이다. 잊을 수 없는 사건이었다.

초등학교 앨범모습

요즘은 학교에서 점심을 무료급식 하지만, 그때에는 빵차(세발차)가 와서, 점심시간에 줄을 서서 빵이나, 강냉이(옥수수)죽 배급을 받았다. 점심시간과 방과 후 동네별로 '빵내기' 축구 경기도 해서 동생들한테 딴 빵을 나누어 주기도 했다. 그때 고무신까지 벗고 젖 먹던 힘까지 다하여 맨발로 뛰었던 공차기 실력은 중학교와 고등학교에 가서도 남들에게 뒤처지지 않았다. 고등학교에 입학해서도 줄곧 방과 후나 일요일이면 친구들과 축구를 했고, 지금도 축구는 내가 제일 좋아하는 구기종목이 되었다.

그 시절 우리들의 유일한 세상 나들이는 소풍이었는데, 주로 1시간 이상 걸어서 절에 갔다. 유일하게 부모님들로부터 군것질 용돈을 받는 날, 20원쯤 용돈을 받아 사이다 한 병을 사먹었던 기억이 새롭다. 계란 몇 개와 밤을 조금 삶아 가는 것이 전부였지만 손꼽아 기다리던 소풍날과 운동회 날, 비가 오면 똥통학교라서 그렇다는 우스갯소리도 있었다. 학교 행사 때 날씨가 맑으면 학교가 좋아서, 비가 오면 학교가 좋지 않아서 그렇다는 천진스러운 동심이 발동하여 서로 우기기도 했다. 영화관이 없었던 시골마을에 유일하게 있었던 가설극장이 우리들의 문화공간이다. 입장료 15원, 20원을 내면 당당하게 입장할 수 있었지만, 천막 밑으로 몰래 숨어 들어가 구경할 때가 더 많았다. 주로 액션 영화ㆍ무술영화를 좋아했다.

초등학교 때 인기도 있고 좋아했던 여학생이 한 명 있었다. "긴 머리 소녀" 노래를 들으면 생각나는 "눈이 큰 아이"였는데, 아쉽게도 5학년 때 도회지로 전학을 가는 바람에 황순원의 "소나기" 같은 추억도 만들 수 없었다. 그렇게 떠난 뒤, 그 소녀의 소식은 들을 수도 없었고 다시 만날 기회도 없었다. 지금은 어디에서 살고 있을까 잘 살고 있겠지. 고향 동구 밖 미루나무는 알고 있을까?

학교마다 봄과 가을에 열렸던 운동회는 면민과 마을 전체의 잔치였다. 모처럼 맛있는 군것질도 하고 다양한 학용품 선물도 받았다. 이 날을 위해 따끔거리는 가을볕에 마스게임과 곤봉, 덤블링 등 게임 연습을 하고나면 새까만 피부가 더 까만색으로 변하였다. 그래도 운동회 날 부모님을 비롯하여 동네 사람들의 박수 소리를 들으면 기분이 좋았다. 지금도 이해할 수 없는 것 중에 하나는 내가 달리기를 제일 싫어했다는 사실이다. 그래도 3등 등수 안에 들어서 늘 공책을 받았는데도 혹시나 넘어져 다치면 어쩌나 하는 불안감이 싫었던 것 같다. 그래도 운동회를 준비하던 연습은 오후 늦게까지 정말 열심히 했다.

가난한 시절이라 호롱불 밑에서 공부를 해야 했고, 신발도 사시사철 말표 검정고무신을 신었다. 물놀이를 하다가 떠내려가 찾지 못해 맨발로 터벅터벅 집으로 돌아오거나 산에서 나무를 하다가 찢기어 오면 아버지께 야단도 많이 맞았다. 명절 때 검정고무신 말고 친구들처럼 새 운동화가 신고 싶어 멀쩡한 고무신을 시멘트 바닥에 갈아 펑크를 냈던 기억은 누구나 한번쯤은 있었던 어릴 적 기억이 아닐까 싶다. 산에 나무하러 가서 고무신이라도 찢어오는 날 집에서는 난리가 났고 굴뚝

모퉁이로 피신하는 날이었다.

5학년 때, 밤마다 재실에 가서 선생님께 태권도를 배우고 밤 늦도록 공부도 했는데 이게 내가 처음 과외공부를 한 것이다. 상여집을 지나오면서 그 밤길이 엄청 무서워서 온 몸의 잔털이 쭈뼛쭈뼛 서는 것 같았다. 또, 친구들과 여름날 밤에 이웃동네 수박, 참외, 복숭아밭에 들어가 과일 서리를 해서 우적우적 먹으며 잠시 배고픔을 달래기도 하며 세상을 배우기도 했다.

그때 사랑채에 사법고시공부를 했던 고향 선배님은 지금 무엇을 하시는지 궁금하다.

▲ 초등학교 친구들과 소풍갔던 날

경쟁을 배운 대병중학교

초등학교를 졸업하고 대병중학교에 입학하였다. 우리 집에서 십 오리 길, 걸어서 2시간이 걸리는 먼 거리였다. 부잣집 아이들은 버스를 타고 다녔고, 형편이 좀 나은 집 아이들은 자전거라도 타고 다녔지만 그렇지도 못한 나는 걸어서 다녔다. 그래도 감사해야 했다. 지금은 중학교까지 의무교육이지만 그 때는 초등과정만 의무교육이라 중학교에 입학하는 친구들이 열 명 중 일곱 정도였고 나머지 세 명은 집에서 부모님들과 농사를 짓거나 도회지로 나가 공장이나 가게의 사환으로 일하기도 했으니……

대병중학교에는 3개의 국민 학교 아이들이 모였다. 그 당시 중학교 입시가 없어지고 도시에서는 일명 '뺑뺑이'라고 불렸던 중학교 추첨이 있었지만, 면 단위로 중학교가 하나 밖에 없었던 시골에서는 그 지역의 중학교로 가야만 했다. 그렇게 모인 아이들은 시험 성적에 따라서 A, B, C로 우열반을 가렸는데 자연히 초등학교 별로 평가가 되고 경쟁심도 유발해 열심히 공부하지 않을 수 없었다. 초등학교 때까지는 담임 선생님 밑에서 전체 과목을 공부했는데 중학교부터는 과목별 선생님이 매 교시마다 오셔서 수업을 했기 때문에 좋아하는 과목에 따라 좋아하는 선생님도 여럿이 되었다.

중학교 앨범 모습

중학교에 들어가자 과목도 늘어났다. 한문도 처음 배웠지만 영어가 문제였다. 당연히 십오리 통학 길은 영어 단어를 외우는 길로 시험기간은 단어집 공부한다고 친구들과 따로 혼자 통학하기도 했다. 학교가 사립이라 공부를 빡세게 시키고 시험도 자주 보았다. 나는 집에 도착하면 늘 집안일이 먼

저라 공부할 시간이 부족하였다. 들에 나가신 부모님을 대신해 가축들 먹이도 주고, 다음날까지 먹일 소꼴도 들에 나가 베어 와야 했다. 우리 집에는 닭, 염소, 돼지, 소를 키웠는데, 돼지새끼나 송아지를 잘 키워야 학교 등록금을 제때 납부할 수가 있었으니 어쩌면 그 당시 우리들은 가축을 키워 스스로의 학비를 감당한 것이다. 동네 부잣집에 육성회비를 빌려 낸 적도 많이 있었다.

어릴 적부터 대부분 토끼는 키웠고, 토끼를 내다팔면 어린 염소나 돼지를 사다 키웠다. 돼지가 새끼를 낳으면 우리 형제들은 각자 한 마리씩 자기 돼지를 삼았다. 새끼돼지가 좋아하는 풀도 뜯어다 주고 개구리도 잡아서 고아 주며 잘 키웠는데, 어느 날 학교에서 돌아와 텅 빈 돼지우리를 보게 되면 얼마나 가슴이 휑하던지……. 그렇게 우리는 가축과 함께 자랐고 만남과 이별의 정리도 깨달으며 컸다. 그렇게 자란 우리들의 어린 시절은 가난했지만 삭막한 시멘트 공간에서 컴퓨터에 빠지고 핸드폰의 포로처럼 사는 요즘 아이들에 비하면 전인교육과 감성교육을 충분히 받은 세대이다.

중학교에 가서도 수련장이나 참고서는 친구들 것을 늘 빌려와서 봐야 했지만 열심히 해서 공부를 잘 하는 편이었다. 그래서 학급 간부는 도맡아 했었고, 선도부로 봉사활동도 앞장서야 했다. 봄과 가을이면 모심기, 벼 베기 농촌봉사활동도 많이 했는데, 집에서 해본 일이라 어디가나 앞장서서 했다. 모심기와 벼 베기를 얼마나 잘했던지 회사 다닐 때 농촌봉사활동을 나가면 논밭 주인이 일당 줄 테니 다음날 또 오라는 농담을 할 정도였다.

▲ 중학교 친구들과 함께

사춘기를 맞이했던 우리들에게 남녀공학은 이성에 대한 설렘을 경험하는 곳이기도 했다. 예쁘고 공부 잘하는 여학생의 관심을 받기 위해 남학생들의 경쟁은 치열하였다. 치열한 경쟁은 여드름으로 송송 돋아나는 것 같았다. 그 시절 마음에 두었던 여학생들은 지금은 모두 흰 머리 소녀가 되었겠지만, 영원히 긴 머리 소녀의 기억으로 가슴에 남아 있다. 그때 내가 좋아했던 아랫마을 영숙이, 옆 동네 미자는 지금 어디에 살고 있을까? 그리운 모습들이 가끔 아스라이 떠오르기도 한다.

　어릴 적 고향에서 초등학교와 중학교에 함께 다녔던 친구들은 지금도 동문회에서 자주 만난다. 그래도 고향 친구들이 고등학교나 사회생활하며 사귄 친구들보다 스스럼없고 정겨운 것은 코 흘리게 시절부터 물장구치고 소꿉놀이하면서 서로 자라는 모습을 마주 지켜본 증인들이고 고향의 정서를 공유하기 때문인 것 같다.

▲ 중학교 친구들과 함께

　전기가 들어오지 않았던 산골이라서 밤이면 등잔 기름 값을 아끼려고 밤마다 '관솔' 이라고 불리던 나무뿌리로 호롱불을 피우고 시험공부를 했다. 그렇게 열심히 공부해 상장을 타고 우수한 성적표를 내보여도 당시 집안형편으로는 나를 고등학교에 보낼수가 없었던 부모님은 좋아하기보다 얼굴에는 근심만 가득하였다.

보고 싶은 내 초동친구들

초동친구란 "산에 땔나무를 함께 하러 다닌 친구 사이"를 말한다. 그런 의미에서 보면 우리 합천 대병 출신 친구는 모두 초동친구들이다. 푸른 산과 들, 그리고 맑은 하늘과 깊은 계곡이 초동친구들 우정과 꿈의 무대였고 이름 모를 나무들과 들꽃, 그리고 하늘을 비상하는 새들과 강물을 유유자적하게 헤엄치는 물고기들, 집에서 키우던 집짐승과 온갖 들짐승들까지도 우리 우정과 함께 한 소중한 보물이었다. 도시에서 자란 아이들은 고향산천을 누비던 초동친구의 깊은 뜻을 이해하지 못할 것이다. 시골에서 어린 시절을 함께 했던 친구들에 대한 그리움은 고향을 떠올리는 추억 속에 모락모락 피어나는 모닥불과 같다.

어릴 적 초동친구들과 함께 즐겼던 술래잡기, 고무줄타기, 자치기, 딱지치기, 썰매타기와 같은 놀이와, 도랑에서 물고기 잡기, 칡 캐기, 산토끼잡기, 소먹이기, 소꼴 베기, 나무 많이 하기처럼 살림에 도움이 되는 생산적인 놀이가 더 많았고 덩치가 커갈수록 모를 심거나, 벼 많이 베기, 논밭 메고 거름 지는 일까지 집안 농사일을 돕는 것으로 변해 갔다. 어려서부터 일을 놀이로 배워온 시절이었다.

▲ 초동친구들과 함께

봄이 오면 강가에 나가 버들강아지를 꺾거나 물고기를 잡고, 뒷동산에 진달래꽃을 따먹으러 올라 가거나 칡뿌리를 캐러 다녔다. 여름이면 맑은 계곡이 많았던 우리 고장 자연환경 덕분에 친구들과 시원한 계곡에서 가재, 물고기도 잡았고 토실하게 여물고 익어가는 감자와 오이, 참외를 서리해서 허기를 달래기도 했다. 산딸기와 깨룩도 많이 따서 먹었다. 주로 칠월칠석날과 백중날 빵떡도 하고 막걸리와 음식도 많이 장만해서 집집마다 "새미꼬지"를 지냈는데, 키우던 소의 건강과 무사고를 빌어 주던 행사였던 것 같다. 가을에는 온 들녘과 산천이 먹거리로 풍성했다. 머루와 다래도 지천이고 감, 밤, 돌배, 과일나무 마다 토실한 열매가 무르 익어갔고, 누런 들판에 고개 숙인 벼도 베고, 밭에서 나는 고추, 고구마, 콩도 거두고 무와 배추도 수확해야하는 가을걷이로 제일 바쁜 시절이었다. 그때 초동친구들의 고사리 손도 부모님을 도와 바쁜 일손으로 논과 밭에서 분주하였다.

우리 시골 동네 가구 수가 약 30여 가구였으니 또래 친구들도 많았다. 희석이, 영채, 판권이, 한출이, 장환, 기식이, 종철이, 인수, 문정환……. 이 친구들 중에서 우리 바로 옆집에 살았던 문정환이라는 친구와 나는 무척 가깝게 지냈다. 성만 다르지 이름도 같았고 둘이 공부도 잘해서 초등학교 시절 반장과 부반장을 번갈아 했던 친구다. 그 친구 집은 시골에서도 엄청 부잣집이었다. 동네에서 방앗간을 하였는데 경운기를 개조한 차도 있었고 머슴도 2명이나 부렸으며, 집에 축음기라는 신기한 것도 있었다. 정환이 친구 집에 놀러 가면 먹을 것도 많아 부러웠다. 그 친구는 중학교 1학년을 마치고 부산으로 전학을 갔다. 큰형님 집에서 중학교, 고등학교, 대학교를 다녔는데 공부도 서로 지지 않으려고 선의의 경쟁을 했던 친구라 지금도 잊을 수 없는 친구이다.

겨울방학이면 친구들과 지게를 지고 산에 나무를 한 짐 해오는 것이 놀이였다. 개인 소유의 산에서는 나무를 할 수 없어서 10리, 20리 먼 곳까지 가서 국유림이나 군유림에 가서 나무를 해야 했다. 친구들끼리 서로 힘자랑 한다고 나무를 많이 해서 지게에 가득 지고 길도 없는 숲을 헤치며 집까지 오는 길은 늘 멀고 힘들었다. 그래도 산에서 친구들과 이야기를 나누며 노래도 부르면서 서로에게 힘을 보태주던 그 시절이 참 아름다웠다. 그렇게 나무를 하고 와서 먹는 점심은 주로 김치국밥에 삶은 고구마였는데 "허기가 반찬"이라고 그렇게 맛있을 수가 없었고, 오후에는 가까운 산에 가서 죽은 소나무 나무뿌리 "고들 베기"를 또 한 짐 해 오곤 했다.

중학교에 가니 3개의 초등학교 아이들이 모여 친구들이 더 많아졌다. 남학생 2반, 여학생 1반 총 3개 반이었는데 함께 어울리면서도 서로 공부와 성적으로 경쟁하는 사이가 되어 갔다. 대나무밭에 대나무들이 서로 키 재기를 하며 커 가듯이 우리도 그렇게 죽마고우로 자라났다. 아침에 멀리 사는 친구들이 우리 집 앞에 모여 함께 등교를 하였는데, 수업을 마치고는 보충을 하거나 운동하는 친구들이 있어 하교시간은 각자 달랐다. 나도 하교시간을 이용해 친구들 몰래 영어 2,700개 단어집을 외우느라고 일부러 혼자 집으로 돌아오곤 하였다.

그렇게 중학교를 함께 다닌 친구들이 경엽, 윤근, 창호, 형식이, 윤현이, 순재, 동철이, 하성옥, 문진헌, 김진호, 이호익, 김인철, 구자삼, 곽로인, 구광모, 이동현, 송재옥, 재환이, 동수, 정용이, 순현, 관식이, 병국이, 인호, 기정, 쌍수 등이다. 이 친구들 중에 공부를 잘했던 친구들은 알게 모르게 경쟁심이 심해 평소에는 수련장과 동아전과도 잘 빌려 주다가 시험기간에는 모르는 체 하기도 했지만 경쟁 대상이 아닌 친구들끼리는 시험을 볼 때는 서로 시험답지도 보여주며 살짝 커닝도 해주는 사이였다. 물론 친구들 중에는 여학생들과 연애편지를 주고받는 조숙한 사춘기 친구들도 많았지만 나는 범생이라 청춘사업은 잘 몰랐다.

그 시절, 진주고등학교, 마산고등학교가 서부경남에서는 공부 잘하는 학생들이 입학하는 명문고였다. 나도 진학은 하고 싶었지만 가정 형편상 공고에 입학할 수밖에 없어 말할 수 없이 속상하였고, 진주고, 마산고에 간 친구들이 엄청 부러웠다. 그렇게 고등학교에 진학한 친구들은 졸업을 하고 대학을 나와 내기업에 취업하거나, 공무원, 교사, 은행에서 직장생활을 하고 있다. 지금은 대부분 퇴직할 나이라 오히려 퇴직이 없는 나를 아무래도 부러워한다. 친구들은 내가 직접 회사를 운영하는 것을 보고 자수성가 했다고 인정해 준다. 때로는 영업하느라 지구촌 곳곳을 누비며 다니기도 하였고, 가끔 친구들 만나면 술 한 잔 밥 한 그릇 편하게 살 수 있는 여유가 있으니 그렇게 생각하는 것 같다. 나 또한 아련한 옛 추억을 더듬어 볼 수 있어 친구들과의 만남이 언제나 즐겁다.

▲ 초등학교 친구들 모습

논과 밭, 산과 들에서 배운 인생 공부

초등학교 때도 그랬지만 중학교에 늘어가면 더욱 학교 공부와 인생 공부를 병행해야만 했다. 그렇게 인생 공부를 한 교실은 다름 아닌 논과 밭, 산과 들이었다. 지금이야 첨단 농기계가 지천이지만 우리 어린 시절에는 손수 농사일을 해야 했고 연필을 잡았던 우리들의 손에는 낫과 삽을 들어야만 했다. 늘 일손이 모자랐고 부모님들의 손과 발은 생인손 상처와 굳은살로 거칠어져 갔다.

학교 수업을 마치고 집에 돌아오면 직접 밥을 차려 먹고, 들로 달려가 부모님 일손을 거들어야했다. 일하러 찾아갈 논밭

일터는 밥솥에 메모로 친절하게 일러 주었다. 지금 생각하면 덩치가 그리 크지도 않았는데 지게에 타작기계, 탈곡기까지 지고 어떻게 여기저기를 다녔는지 모르겠다. 한번은 논갈이 하시는 아버지께 새참으로 드실 막걸리를 사다 드리고, 새참을 드실 동안 소를 몰고 쟁기질을 하다가 그만 쟁기를 부러뜨린 적이 있었다. 그 때가 마침 모내기 하는 바쁜 철이라 쟁기를 부러뜨렸으니 큰일이었다. 아버지의 불호령이 겁나 걸음아 나 살리라며 줄행랑친 기억이 아직도 생생하다.

▲ 남해대교에서 중학교 친구들과

봄이 오면 모심기, 보리 베기, 논밭매기, 논두렁 깎기, 소먹이기, 고구마 감자 심고 캐기…… 안 해본 농사일이 없을 정도로 우리는 공부하는 학생보다도 농군의 아들로 자랐다. 겨울이면 산에 가서 나무도 정말 많이 했다. 겨울방학 때는 하루에 두 짐 이상 했던 것 같다. 십 리, 이십 리 먼 곳까지 나무를 해서 지게 가득 지고 오면 허기가 지고 무겁기도 해 울면서 겨우 집까지 온 적도 여러 번이었다. 그렇게 우리는 인내심을 키워나갔다. 나무를 하러 다니다 보면 가끔은 횡재도 만났다. 빨간 나무 열매에 청산가리를 넣어 꿩을 잡곤 했는데 그 열매를 먹고 죽은 꿩을 줍는 일도 많았다. 그때 무를 썰어 넣고 끓여 먹었던 꿩 탕 맛은 지금노 잊을 수 없는 별미였다.

중학교 때 공부하면서 그렇게 집안일을 도운 것도 큰 인생 공부였다. 체력단련은 물론 끈기와 인내심도 터득하였고 학교에 납부해야하는 육남매 등록금이 만만치 않은 것을 우리도 잘 알고 있었다. 그렇게 뼈 빠지게 일해도 학교에 등록금을 내야 하는 날이 오면 어머니는 부족한 등록금을 이웃에 빌러 다니셔야 했다. 우리 집은 밭은 많은 편이었지만 논은 얼마 되지 않아 여기저기 농사 짓지 않은 논을 세내어 벼농사를 짓고 소도 남의 집 송아지를 키우기도 하였다. 가을날 추수기가 되면 부잣집 양철창고 곳간에 쌓이던 곡식이 그렇게 부러웠다. '내가 크면 꼭 돈 많이 벌어서 논을 많이 사야지 그래서 우리집 곳간을 가득 채워 드려야지' 하고 어린 주먹을 불끈 쥐고는 다짐하였다.

그런 생각을 한 것은 밭농사가 논농사보다 곱절 더 일이 많았고, 엄청 힘들었다. 보리타작과 콩 타작을 하는 날이면 새벽부터 밭 가장자리에 타작마당을 만들어야 했고, 개울가에 솥단지를 걸어 놓고 국수나 새참을 해먹으며 일했던 기억이 난다. 검불과 먼지를 뒤집어 쓰고 일했지만 고기반찬에 쌀밥으로 배를 채울 수 있었고, 그나마 푸짐하게 먹었던 갈치찌개 맛은 정말 잊을 수 없는 별미였다. 그때 그 맛을 생각하며 지금도 나는 시골냄새가 물씬 나는 갈치찌게 집을 찾아가곤 한다.

그렇게 고생하며 일했지만, 어린 시절은 늘 배가 고팠다. 흰쌀을 찾기 힘든 꽁보리밥에 반찬이 없어서 식은 밥을 물에 말아 먹거나 날계란 하나 풀고 참기름에 왜간장을 조금 넣고 비벼 먹었다. 그래도 정말 꿀맛이었다. 그렇게 먹고 논밭에 나가 일을 많이 하고 나면 허리가 접힐 정도로 허기가 졌다. 지붕

위에 말리던 곶감을 마르기 전에 몰래 빼먹기도 하고, 밭에 통통하게 굵은 무도 뽑아 먹고, 남의 과수원에 몰래 들어가 서리를 해서 허기진 배를 채웠다. 먹을 것이 적은 긴긴 겨울밤에 친구들과 민화투, 육백, 뽕 같은 화투놀이를 하거나 윷놀이를 하면 대부분이 떡가래, 고구마, 단감, 라면 내기를 하였다. 한참 자랄 나이라 항상 배가 고팠던 것 같다.

우리 육남매는 농사일을 도우면서도 열심히 공부하여 성적이 우수하였다. 하지만 우리 부모님들은 자식들을 칭찬하는 데 참 인색하셨던 점이 지금도 아쉽기만 하다. 공부를 잘해 학교에서 상장을 받아와도 속으로 기뻐하셨는지 밖으로 표현을 하지 않으셨다. 일요일 하루 종일 들에서 일을 하고 와도 마찬가지셨다. 마음속에 깊은 자식 사랑을 간직하고 계셨지만 표현에 인색하셨던 것 같다. 어쩌면 자식들을 칭찬하는 것이 자만심을 키우는 것으로 여겼는지도 모른다. 문제는 부모님들의 그런 자식사랑 표현을 우리도 그대로 닮았는지 우리 자식들에게도 애정표현을 못하는 무뚝뚝한 아빠라는 소리를 듣곤 한다. 마음은 전혀 그렇지 않은데 말이다. 내가 자식을 키워 보니 잘 자라 주는 자식들이 대견하고 자랑스러운데 성격상 잘했다는 칭찬을 못하니 그때 우리 아버지도 똑 같은 마음이 아니었나 싶다.

　시골에서의 고된 삶은 고등학교에 진학하면서 끝났지만, 그
때 배운 인생 공부와 교훈은 사회생활을 하면서 무엇과도 바
꿀 수 없는 소중한 경험이 되었다. 삭막한 도시의 삶에 비해
자연과 교감하고 생명체와 더불어 살아가는 것이 얼마나 풍성
하고 인간다운 삶인지를 우리는 어릴 적 몸소 깨우친 것이다.

▲ 중학교 친구들과 함께 수학 여행에서

PART 2

조국 근대화의 기수

부상을 바라보며 우뚝 솟은 곳

고등학교 입시철이 되자 담임 선생님은 인문계고등학교에 가길 권했다. 경남에서 제일이었던 마산고등학교나 진주고등학교에 보내야 내 꿈도 펼치고 학교에 위신도 세울 수 있다며…. 그러나 나는 실업계 고등학교를 택할 수밖에 없었다. 그것도 학비가 없는 학교를 선택해야 했는데 그 당시 박정희 대통령의 중화학공업 육성책에 따라 공업고등학교가 인기였다. 전 학년 장학생으로 우수한 학생들을 뽑는 학교가 구미에 금오공고, 부산에 부산기계공고 그리고 이리에 전북기계공고가 있었는데 세 학교 모두 국립이었다. 나는 부산 해운대에 있는 국립부산기계공업고등학교에 입학원서를 내고 시험을 보았는데 중학교 성적이 전교 석차 5% 이내라서 우리 중학교 친구들 다섯 명이 응시 했지만 둘만 합격했을 정도로 경쟁률도 높았다.

합천 대병 촌놈에게 부산은 미지와 동경의 세계였다. 특히, 해운대 해수욕장 백사장이 한눈에 들어오는 부산계계공고 캠퍼스는 어지간한 대학교의 캠퍼스보다도 넓었고 우뚝 솟은 웅장한 철탑과 조경도 아름답게 잘 가꾸어져 긍지감을 갖기에 충분했으며 전국 팔도에서 모인 신입생 900명을 압도했다. 부산에 사는 친구들 외에는 대부분 기숙사 생활을 하였고 가정형편이나 이 학교에 오게 된 사연들도 비슷해 빨리 정이 들었고 형제처럼 지낼수 있었디.

고등학교 앨범사진

말이 기숙사 생활이지 군대생활과 비슷하였다. 아침 6시에 기상을 해서 점호를 마치고 힘차게 군가를 부르며 운동장과 캠퍼스를 구보하는 것으로 하루를 시작하였다. 식당에서 먹는 밥도 군대 짠밥과 다를 바 없었다. 1학년 1학기 때부터 교과목은 "조국 근대화의 기수"를 육성하기 위한 과정이었다. 이론과 실습을 매일 번갈아 배웠다. 기초실습을 배우는 실습장 이름이 '아베베'였는데 쇠줄로 쇠를 깎는 실습이었다. 기계조립 실습인데 여린 손으로 쇠를 깎다보면 줄 자루가 닫는 손바닥과 손가락에 여러 번 물집이 생겨 터지고 굳은살이 박혔다.

고단한 실습을 이겨내려면 강한 정신력이 필요했다. 그래서 선생님들은 밤 10시 실습이 끝나면 온갖 구실을 부쳐 실습장 옥상으로 우리를 불러내 얼차례를 주곤 했다. 선착순에 좌로 굴러 우로 굴러 원산폭격까지……. 그렇게 기진맥진하면 마지막 순서가 고향에 계신 부모님을 향한 묵념이었다. "고향 앞으로"를 외치면 전국팔도에서 모인 학생들은 사방팔방 고향을 향해 서서 고개를 숙이고 "고향생각", "부모님 은혜" 이런 노래를 울먹이며 불렀던 기억을 떠올리면 지금도 목이 메여 온다.

단체생활을 하며 기숙사 식당 잔밥으로 돼지를 키우는 일, 매점을 운영하는 일, 도서관을 돌보는 일도 학생들 몫이었는데 나는 학생매점과 학생은행에서 밤늦도록 아르바이트를 했다. 그렇게 번 돈으로 기숙사비도 내고 실습공구도 사고 용돈도 썼다. 부모님께서 보내주셨던 향토장학금 부담을 줄어 드리려는 마음이었는데 매점에서는 그때 한참 인기 있었던 뽀빠이와 자야, 그리고 맛있는 도넛 빵을 실컷 먹을 수 있어 좋았다. 그때 친구들과 주로 많이 했던 내기 파티가 호떡파티였다. 학교 후문 앞 포장마차에서 아주머니가 구워 팔았던 그 호떡 맛을 언제나 다시 맛볼 수 있으려나? 지금도 그때 생각을 하면 입안에 군침이 돈다. 학생은행에서의 아르바이트는 전교생 2,700명의 통장을 대신관리해 주는 일인데 고향의 부모님이 보내준 돈과 전신환을 현금으로 입출금 해주는 일이었는데 돈의 소중함과 자금을 관리하는 개념을 깨우쳐 준 좋은 경험이었다.

▲ 고등학교 친구, 후배들과 시계탑 앞에서

제주도는 물론 울릉도와 백령도까지 전국에서 모인 친구들이라서 말씨도 다르고 고향에서 보내주던 간식거리도 각각이었다. 점호를 마치고 소등 취침 시간이 지나도 우리들은 고향의 이야기로 밤이 깊어 가는 줄 몰랐다. 중학교 앨범을 서로 보여주며 어느 여학생이 예뻤고 또 어떤 여학생을 소개해 줄 거라며 서로 연애편지를 써 주기도 했다. 가끔은 그렇게 알게 된 여학생들이 학교까지 찾아오기도 했는데 캠퍼스에 반한 건지 우리 친구들이 똑똑해서 그랬는지 인기가 좋았다. 때로는 고향 자랑을 하다가 친구들 끼리 다투는 일도 가끔 있었다. 그런데 충청도에서 온 친구들과 경상도 친구들이 싸우면 싸움이 되질 않았다. "워찌 그류! 말로 허면 되는디 때리고 그런댜!" 이렇게 말하면 화를 내다가도 픽 웃고 말았다.

기숙사 생활이라 재미있는 에피소드도 많았다. 사감 선생님 중에 형사 콜롬보라는 별명을 가진 선생님은 담배 피는 친구들을 색출하려고 기숙사 사물함 뒤편에 몰래 숨어 우리들의 일거수일투족을 감시하기도 하였고, 무서웠던 교련 선생님은 기숙사 바로 옆 사택에 살면서 무단 외출하거나 일탈 행동하는 친구들 엉덩이를 가만두질 안았다. PVC파이프 빳다는 정

말 매서웠다. 그 사감 선생님 따님이 우리와 같은 학년이었는
데 교련 선생님에게 혼난 친구들은 선생님 따님인 여학생을 놀
리는 것으로 분풀이를 하기도 했다.

▲ 고등학교 실습장 앞에서

1학년 2학기가 시작되자 1학기 실습을 바탕으로 과편성이
있었다. 성격이 내성적이고 섬세한 친구들은 10개 반이나 되었
던 기계과를 택하거나 1개 반이었던 전기과를 갔는데, 나는 4
개 반이었던 배관과를 택했다. 배관, 판금, 용접 기술을 배우

는 과였다. 기계과나 전기과보다 일이 거칠고 험해 한 주먹 하는 왈가닥 친구들이 모여 사고도 잘 쳤고 운동경기는 물론 학교도 장악하는 과였다. 우리 친구들은 전국 고등학교 IQ테스트에서 일등을 할 만큼 똑똑하고 공부도 잘했다. 2학년 때 기능사 자격증을 여러 개씩 따서 대부분의 학생들이 상공부 FIC 장학금과 5.16장학금을 받았다.

▲ 후배들과 시계탑 앞에서

▲ 국립부산기계공업고등학교 전경과 조국근대화의 기수인 기술인 탑, 그리고 교가와 교기

조국 근대화의 기수들

국립 부산기계공업고등학교에 다닐 때 우리들의 교복은 두 종류였다. 한 벌은 일반 고등학생들이 입었던 교복이 있었고 또 한 벌은 실습복이었다. 그때 기름때에 찌들었던 실습복 오른쪽 어깨에 붙은 휘장에 새겨진 글이 "조국 근대화의 기수"였다. 그리고 우리들은 학교에서 배운 기술로 전국의 산업 현장에 뛰어들어 각자 조국 근대화의 기수 역할을 충분히 해 냈다고 자부한다.

박정희 대통령에 대한 평가가 다양하지만 새마을 운동을 펼치고 중화학 공업을 육성해서 국민들에게 하면 된다는 자신감과 가난을 극복하게 한 열정은 역대 어느 대통령보다도 높았다. 내가 고등학교에 다닐 때에도 1년에 두 번씩 우리 학교를 방문해 기숙사와 식당을 직접 둘러보며 우리들을 격려해 주셨고, 그렇게 교육시킨 우수한 인재들을 산업현장에 투입해 기술보국을 완수한 것이다. 내가 3학년 때, 우리 학교에서 국제기능올림픽이 열렸다. 그때 우리 학교 출신들과 전국 기계공고 출신들이 금메달을 휩쓸었다. 그렇게 갈고 닦은 기술이 국제기능올림픽을 제패하는 나라, IT강국, 반도체와 조선, 기계공업의 최강국으로 이끈 원동력이 되었다. 지금도 국가지수 중에 대한민국이 항상 일등인 분야는 기능올림픽인데, 우리들의 땀과 눈물, 그리고 청춘이 그 뿌리었나고 자부한다.

▲ 고등학교 이한원 친구와

고등학교 2학년 때 있었던 일이다. 부산시청에서 청소전용 리어커가 필요해 우리학교에 주문을 하였고 배관과에서 수백 대를 제작해 부산 시내를 일렬 종대로 끌고 가서 납품했던 기억이 난다. 그렇지만 우리들은 학교에서 기술만 배운 것이 아니었다. 쇠를 깎으며 무쇠를 녹여 붙이고 담금질하며 스스로를 단련하고 세상을 살아가는 열정과 지혜를 배운 것이다. 기계공고를 졸업한 공돌이들이지만, 산업현장에서 땀 흘려 일하면서도 주경야독으로 어렵게 공부를 하여 박사학위를 받아 교수로 활동하는 친구들이 수두룩하고, 중소기업체를 운영하는 친구들은 헤아릴 수 없을 정도로 많다. 그리고 희한하게도 문학하는 친구들도 인문계고등학교 보다도 많다.

내가 2014년도와 2015년도에 10회 졸업생 동기회장을 맡았었는데, 우리 동기들 중에 문학박사도 3명이나 된다. 공광규 시인, 권대근 수필가 등 문인으로 등단해서 활동하는 친구도 열 명이 넘는다. 그래서 문학하는 동기들 열 명이 모여 『해운대』라는 동창문집도 발간했다.

어찌 보면 공업고등학교에서 기술만 가르친 것이 아니라, 악대부, RCY봉사활동, 도서반, 문예활동 등 학생들의 다양한 소질과 특기를 개발하고 다듬도록 이끌었기에 가능했고, 멀리 고향을 떠나와 생활하면서 부모형제를 그리워하며 친구들과 주고받았던 서정과 정감들이 문인으로 활동하게 했던 것도 같다. 지금 모교의 이중순 교장도 함께 공부했던 동기인데 교육목표도 "가슴 따뜻한 기술인 양성"을 내세우고 있다.

▲ 고등학교 실습장 광경

지금 내가 수많은 역경을 극복하고 세운 한국브로치(주) 기업의 밑거름도 모교에서 배운 불굴의 도전과 창조정신이 그 바탕이 되었고 모교에서 함께 공부한 친구들의 격려와 성원이 그 뿌리가 되었다. 그런 측면에서 볼 때 지금 한국의 교육은 오히려 우리들이 배울 때보다 더 후퇴한지도 모른다. 선진국의 유명한 사립학교를 본받기보다 슬럼가 학교 수준을 답습하는 하향평준 교육으로 부작용이 우려된다. 모두가 귀한 자식이고 온실화초처럼 연약하여 실업계 고등학교에 진학해 기술을 배우게 하기 보다는 타고난 능력과 직능 직업 수요는 무시한 채, 무조건 대학을 보내 편한 화이트 컬러로 키우려고 하니 취업대란과 산업현장의 구인란은 당연한 것이다.

세상에 열에 아홉은 몸을 움직이는 일을 하며 살아야 하고 열에 하나만 머리를 쓰는 일로 먹고 살아야 하는데, 그와 정반대로 우리나라 부모와 교육기관이 움직이니 큰일이 아닐 수 없다. 지금이라도 고등학교의 70%는 독일처럼 자동차고등학교, 시계고등학교, 미용고등학교라는 직종별 직업학교로 이름을 바꾸고 그렇게 기술과 기능을 배운 젊은이들이 인정받고 존중 받으며 살아가는 세상을 만들어야 진정한 선진국이 될 수 있다고 본다.

나는 지금까지 국립부산기계공업고등학교에 다닌 것을 긍지로 삼고 있다. 그 이유는 학교 졸업생들이 잘 나서도 아니고 유명인을 많이 배출해서도 아니며 동문회 장학금을 많이 조성해서도 아니다. 아까운 인재들을 공돌이로 만들었다는 비난이 없지 않지만 그 시대가 필요했던 인재를 교육 시켜 적재적소에 배치해 그들이 능력 발휘가 세상을 변화 발전시키고 그들이 몸담은 분야마다 자아실현을 완성해 가도록 북돋아 주었기 때문이다.

▲ 고등학교 운동장에서 친구들과 축구하고

▲ 고등학교 설악산 수학여행

금란지교, 고등학교 친구들

어린 시절 고향 친구들이 초동친구와 죽마고우였다면 고등학교 친구들은 쇠처럼 단단하고 난초처럼 향기로운 "금란지교" 벗들이다. 기계공고라서 고등학교 3년 동안 우리는 쇠를 다루는 기술자로 길들여졌다. 어쩌면 가난한 농촌 집안에서 태어난 똘똘한 "흙수저"들이 스스로를 갈고 닦으며 담금질해서 후대 자식들에게는 "금수저"를 물려주고 싶은 꿈을 함께 꾼 친구들이라서 그런지 지금까지 사회에 진출해 살아오는 동안 가장 의지하며 서로의 버팀목이 되어준 친구들이 고등학교 동기들이다.

한 학년 입학생이 900명이나 되다 보니 정말 가까웠던 친구가 아니면 이름은 가물가물 하지만 3년간 기숙사 생활하며 동고동락을 함께한 친구들이라 잊을 수 없는 친구들이다. 그리고 내가 점심시간과 방과 후에 학교매점과 학생은행에서 아르바이트를 하였기 때문에 나보다도 오히려 친구들이 내 이름을 더 기억해 주니 기쁘다. 재학 중에 가까이 지냈던 많은 친구들 중에서 아직도 이름이 새록새록한 친구들은 한원, 효수, 방우, 승철, 종근, 순로…… 이런 친구들이다. 참 순수했고 착한 친구들이었다.

▲ 고등학교 방송반에서

특히, 지난 2년 동안 동기회 회장을 맡았을 때 전국 방방곡곡에 흩어져 살고 있는 친구들을 많이 만나 볼 수 있어서 정말 좋았다. 우리 고등학교 친구들을 만날 때마다 가장 가슴에 와 닿는 느낌은 장하다는 생각이다. 고졸 그것도 공고출신으로 대기업의 임원과 간부 자리에 오르기까지 우리 친구들이 감내하고 극복해야 했던 고난과 역경이 얼마나 많았을까? 치열한 생존경쟁 속에서 주경야독과 형설지공하며 얼마나 열심히 땀을 흘리고 눈물을 감추며 살아 왔는지 두 눈에 선하다. 특히, 우리 친구들 중에는 기계산업 분야의 중소기업체를 경영하는 사장들이 많은데 내가 고등학교 졸업 후에 지금까지 걸어 온 길을 똑 같이 동행한 친구들이라서 친구들 모습에서 내가 살아 온 모습도 거울처럼 보인다.

친구들 중에는 고등학교를 졸업하고 더 큰 꿈을 펼치기 위해 진로를 바꾼 친구들도 많다. 똑똑한 친구들이라 대학에 진학해서 석사, 박사 학위를 받아 대학교수로 일하는 친구들도 많고 공직에 몸을 담은 고위직 공무원도 여럿이며 문학과 예술분야에서 일하는 친구들도 많다. 전국 어디를 가도 친구들이 있고 어떤 분야일지라도 그 자리를 굳건히 지키고 있는 친구들이 있어 행복하다. 그러나 무엇보다도 중소기업체를 직접 운영하는 친구들이 나에게는 큰 버팀목이 되어 주었다.

특히 내가 IMF를 겪고 회사가 어려워 부도의 위기에 처했을 때 나에게 달려와 그 어려움을 나누어 주며 용기를 북돋아 주었던 친구들은 평생 잊을 수 없는 은인들이다. 그 친구들은 지금도 모교에서의 인연을 소중히 여기며 모교 총동문회와 동기회를 이끌어 가고 있는 성한, 충호, 동옥이, 수열이, 해봉, 종경이, 성하, 진영, 효성, 현범, 병호, 은주, 석태, 정숙, 유정, 도영이 등등 이런 친구들과 현재 모교의 교장으로 일하고 있는 중순이 친구다. 우리 10회 동기들의 우정이 얼마나 깊은지 총동창회, 모교 행사 때마다 가장 솔선해 앞장서고 등반대회처럼 기수별로 상을 부여할 때도 대부분 우리 10회들이 대상을 휩쓸어 전체 동문들이 늘 부러워해 이제는 우리 동기들도 수상을 양보할 정도이다. 이 친구들과는 지금도 자주 만나 술도 마시고 등산도 가고 또 때로는 훌라를 치기도 한다. "세 사람 중에는 반드시 스승이 있다"라는 말처럼 우리 친구들은 재주도 많고 끼도 다분하며 능력도 특출해 배울 점도 많은 존경스런 친구들이다.

▲ 고등학교 소풍가서

올해로 우리들이 학교에 입학한지 40주년이니 졸업한지도 37년이 지났다. 또한 모교에서도 개교 50년 행사로 분주하다. 내 뒤를 이어 동기회장을 맡은 최동옥 회장을 중심으로 우리 동기들은 올해도 멋진 추억을 만들어 가고 있다. 고등학교 2학년 때 다녀 온 설악산 수학여행 코스를 다시 둘러보며 옛 추억을 되새길 것이고 등산대회, 골프대회도 열며 모교 교정에 개교50주년 기념 시비를 세우는 중인데 우리 동기들 중에 유명한 문인도 많아 10회가 제안하고 공광규 시인 동기가 글을 쓰고 동기들이 기금을 모아 뜻깊은 시비도 세우게 되었다.

먼 길을 갈 때 가장 즐겁게 가는 방법은 친구와 함께 가는 것이란다. 그리고 세상을 살아가면서 좋은 친구만큼 소중한 자산도 없는 것 같다. 그 친구가 같은 분야의 일을 한다면 나를 지켜 봐주는 조언자며 조력자가 되고 나와 전혀 다른 분야의 일을 하며 살아가는 친구라면 그만큼 내 인생을 풍요롭게 채워줄 수 있는 길손들이기에 더욱 그렇다.

▲ 교련 훈련마치고 도시락 점심 먹으며

▲ 매점에서 함께 일했던 친구들과 선생님

사회 첫 걸음마, 현대중공업

고등학교 3학년 2학기가 되자 산업현장에서 우리를 불렀다. 전국의 대규모 공단의 큰 공장으로 실습을 나가게 된 것이다. 당시 기술 인력이 부족했던 공장에서 우리학교 졸업생들 인기는 최고였고 900명 입학하여 850명이 졸업을 하였는데 대학에 바로 진학한 친구들 외에는 모두 산업현장으로 배치된 것이다.

내가 사회에 첫발을 내딛은 직장은 울산의 현대중공업이었다. 지금도 조선소 규모로는 세계 조선업계의 1위 조선소이다. 현대중공업에서 배치된 부서는 중전기사업부였는데 발전기, 변압기, 모터를 생산하는 공장이었고 내가 담당했던 업무는 시설관리였다.

▲ 울산 현대중공업

정들었던 교정과 기숙사를 뒤로하고 회사에서 보내 온 관광 버스에 몸을 싣고 울산으로 향할 때의 아쉬움과 설렘은 아직도 잊을 수가 없다. 악대부 후배들의 축하 연주를 뒤로 하고 조선소 현장에 도착하자 학교에서 꿈꾸어 왔던 이상과 기대는 녹록하지 않은 삭막한 현실로 다가왔다. 숙소로 아파트를 제공한다고 했지만, 기숙사는 허름한 슬레이트 지붕의 막사였고, 침대도 쇠 파이프로 만든 군대 침상이었다. 그러나 그런 외형적인 요소보다도 주간에는 공장에서 일하고 야간에 대학에 다니며 공부하고 싶었던 형설지공의 꿈을 실천할 수 없는 것이 가장 마음 아팠다. 회사에서 실습을 나오기 전에는 야간대학에 다닐 수 있도록 도와주겠다고 약속했으나 야간대학에 다니면 회사 일에 전념할 수도 없고 잔업 야간근무도 할 수 없어 회사는 야간대학에 다니지 못하게 했다.

입사 후 나는 현장에서 작업하는 기능사원으로 근무했다. 시설관리 담당이라 설비와 장비보전으로 작업은 생산부서보다 편하고 작업복도 기름때가 묻지 않아 깨끗했다. 지금은 현장에 근무하는 생산직 사원들이 급여도 많이 받고 고용도 안정적이지만 그 당시에는 기능직과 관리직의 차이가 하늘과 땅만큼 컸다. 대학을 졸업한 사람들은 관리직으로 입사해 관리자 코스로 갔고, 공고를 졸업한 사람들은 생산직 공돌이 신세를 면할 수 없었다. 그러던 참에 나에게도 기회가 왔다. 회사에서 관리직 사원이 필요해 실습 나온 공고생들을 대상으로 사원 진급 시험을 쳤는데 그 시험에 나도 필기시험과 실기시험에 응시에 당당히 2등으로 합격하여 정식 사원 발령을 받았다. 물론 1등도 우리학교 출신 동기생 이었고…….

현장에서 일할 때도 선배인 조장, 반장, 직장님들이 나를 무척 이뻐해 주셨다. 운동뿐 아니라 술도 잘 마셔서 그랬겠지만 내가 맡은 일에 최선을 다했고 특히, 위 분들을 잘 따랐다. 첫 직장에서부터 그런 습관을 들이고 조직의 화합에 솔선해온 대인관계는 지금의 회사경영과 사회활동에도 밑바탕이 된 것 같다.

나도 계장, 대리, 과장으로 진급하고 임원이 되려면 야간 대학에라도 들어가 더 공부해야 하는데……. 그런 미련을 버리지 못했다. 그래서 저녁이면 친구들과 술 마시고 시간나면 족구장에서 축구공에 화풀이나 하는 무미건조한 시간이 안타깝게 흘러갔다. 그런 생각은 나만의 생각이 아니었다. 자기개발과 자아실현의 욕구가 강했던 친구들 중에는 대학에 진학하고자 회사를 그만두는 친구들도 있었고 나도 그러고 싶은 마음의 동요가 일어났다.

흔들리는 마음을 달래고 싶어 친한 친구 셋이 기숙사를 나와 방어진 바닷가에 자취방을 얻었다. 소설처럼 그 자취집 주인아주머니는 우리에게 참 잘해 주었고 딸이 셋이 있었는데 고등학생이었던 셋째 딸이 참 예뻤다. 물론 그 아주머니도 회사 잘 다니면 셋째 사위 삼겠다며 휴일이면 맛있는 음식으로 몸보신도 해주셨는데 아침은 거의 굶고 점심과 저녁을 회사 식당에서 때운 자취방 친구들도 내 덕을 톡톡히 본 게 맞다.

그 당시 현대그룹을 세우신 정주영 회장이 가끔 울산조선소를 방문했는데 큰 창 모자에 운동화를 신으시고 손가락이 보이는 짧은 장갑을 끼고 현장을 순시하는 모습이 참 멋있는 분이셨다. 왕회장님은 카리스마와 열정도 불도저였다. 그런 왕회장님이 야드에 나타나면 독일 병정같이 부츠신고, 모자 쓰고, 호루라기 차고, 오토바이 몰고 다니면서 온갖 멋을 부리던 경비들은 물론 회사 간부들도 겁을 먹고 벌벌 떨었다. 나도 저런 경영자가 되고 싶었다.

그런 생각으로 회사 생활을 하던 중에 뜻하지 않은 사건이 발생했다. 현장 일을 도와주려다 신축하던 창고 대형출입문이 넘어져 문 사이에 다리가 끼어 몸을 다쳤고 병원에 입원해 치료를 받으며 또 다시 진로에 대해 깊이 고민하게 되었다. 그 당시 월급은 처음 입사했을 때 6만 원쯤에서 15만 원 정도 받았던 것 같다. 그렇게 받은 월급을 쪼개어 시골 집 어머니에게도 보내주고 했는데 걱정도 되었다. 그 때 현대중공업은 방위

산업체로 5년간 근무하면 특례보충역으로 군 면제가 되었는데 이상하게도 군에 가고 싶었다. "그래 대학도 못 갔는데 군에라도 가자!" 용꼬리보다는 뱀대가리로 살고 싶었던 나는 회사에 사표를 던졌다. 당시 직속상관이었던 한양공대 출신 김상익 과장님께서 사표를 찢어 버리며 말려도 내가 뜻을 굽히지 않자 군대 제대하고 다시 오라고 했던 기억도 난다.

▲ 울산 현대중공업

아이스께끼 얼음과자

현대중공업을 그만 두고 군에 입대하기 전 잠시 일했던 곳이 아이스크림 공장이었다. 어린 날 한여름 아이스께끼 얼음과자 추억을 떠올리게 하는 아이스크림 공장관리를 맡게 된 것이다. 학교 졸업 후 취업하고도 가끔 편지를 보내고 전화도 드리며 믿고 의지했던 고등학교 영어 선생님께 사표를 내고 전화를 드렸더니 선생님께서 퇴직 후 운영하셨던 아이스크림 공장에 와서 일손을 도와 달라고 하셨다.

도시 전체가 공단으로 남자들만 득실거렸고 여자들이라고는 버스안내양 뿐인 것 같아 싫었던 울산을 벗어나 일하게 된 아이스크림 공장은 일도 재미있고 분위기도 달콤했다. 아이스크림 공장에 취직해서 내가 개발했던 아이스크림이 두개바, 마징거바, 마징가콘이었는데 그 당시 유명했던 코미디언 이주일 씨가 우리 회사의 광고모델이었다. 이 회사에서 일할 때도 수많은 여직원 누님들에게 귀염을 받았던 기억은 지금도 나를 미소를 짓게 한다.

▲ 아이스께끼 팔던 아이들

가난했던 어린 날은 군것질도 빈약했다. 가끔 보따리장수와 엿장수들이 마을에 찾아오면 고물로 엿이나 과자를 바꿔 먹었고 눈깔사탕이나 한여름 아이스께끼 맛을 본 것이 어릴 적

군것질의 전부였던 것 같다. 그 대신 산과 들을 헤매고 다니며 허기진 배를 채웠던 온갖 열매들과, 칡 같은 나무뿌리, 쉬엉, 삐비 등 풀줄기와 냇물의 물고기, 산새, 꿩과 산토끼, 뱀까지도 잡아서 구워먹었다. 그렇게 보낸 고향 이웃 꼬마 동생들에게 아이스크림을 실컷 선물하고 싶었던 생각이 난다. 그런데 지나고 보니 어릴 때 산과들에서 허기를 채웠던 것들이 오히려 소아비만을 유발하는 소시지나 햄 같은 요즘 가공식품에 비해서 정말 몸에 좋은 친환경 보약들이었던 것 같다. 그렇게 궁핍하게 먹고 집안 일 도우며 자랐으니 기초체력도 튼튼해 지금 우리 또래의 세대가 가장 장수할 세대라니 이 또한 축복이 아닐 수 없다.

▲ 아이스크림 생산공장

우리 고등학교 때 인기 있던 주전부리 과자는 당연 "라면땅, 뽀빠이"였다. 라면 부스러기를 기름에 튀긴 과자였는데 라면 땅이 잘 팔리자 조금 더 고급스럽고 부드러운 "자야"도 유행 했다. 기숙사 생활을 할 때 선배들이 머물던 동관과 저학년 숙 소였던 서관이 자매결연을 맺었는데 자매결연 파티의 메뉴 또 한 라면땅이었다. 라면땅 한 박스를 뜯어 놓고 선배들은 우리 들에게 남김없이 먹였다. 그렇게 꾸역꾸역 라면땅을 먹고 세면 장 수도꼭지에 입을 대고 물을 마시면 그 다음날은 어김없이 설사를 해야 했다. 그런 추억 때문인지 아이스크림 공장에서 일하며 원도 한도 없이 아이스크림을 먹었다.

그 아이스크림 공장은 '콘' 공장에서 생산한 수많은 아이스 크림을 영하 60°C의 거대한 냉동실에 보관하며 지금의 "빙그 레"나 "석빙고" 같은 큰 회사에 아이스크림을 납품할 만큼 큰 회사였다. 그때 나는 냉동실을 관리하며 신상품 개발에도 참 여하며 어떤 일이든지 닥치는 대로 해내는 잡사였는데 아마 그때 회사운영에 관한 기본적인 마인드도 터득했다고 본다. 친구들과 소주를 많이 마신 날이나 회식해서 과음한 다음날 냉동 창고에 있으면 금방 술이 깨곤했다. 가끔은 같이 근무하 는 아가씨들을 기사님들과 냉동 창고에 가두는 장난을 치기도 했고, 개발한지 얼마 되지 않은 "콘" 공장을 방문할 때면 불량품을 많이 얻어 와서 직원들과 나누어 먹기도 하였다.

특히, 그 회사는 지금까지 내가 직장생활을 하면서 기계 가공 분야가 아닌 부드럽고 달콤한 제과공장이어서 색다른 경험이었고 사람이 먹는 음식을 생산하는 공장이라서 위생관리가 얼마나 중요한지를 직접 배울 수 있어 좋았다. 그 때 경험이 청결하고 깨끗한 공장을 좋아하는 내 안목이 되었다. 그리고 그 회사는 빙과 시장이 아이스바에서 콘으로 전환되는 단계라 시장도 커지고 수요도 늘어나 전국 여러 곳에 지사, 대리점 등 판매망도 구축하고 꽤나 잘 나가던 회사였다. 그러나 경영하고 관리하시는 책임자분들이 생산과 영업, 관리업무의 효율성이나 능률을 체계적으로 관리하지 못하고 방만하게 운영하다 결국 흑자부도를 맞았다. 시장과 고객이 넘쳐나도 관리력이 이를 뒷받침하지 못하면 기업은 살아남을 수 없다는 것도 그때 배웠다.

공병 여단 취사병

아이스크림 공장이 문을 닫자 시골 고향집으로 돌아와 군 입대하기 전까지 부모님 농사일을 돕다 1981년 7월 한여름, 논산훈련소에 입대를 하였다. 내 어릴적 꿈은 육군사관학교를 졸업하고 정치가가 되고 싶었다. 그래서인지 방위산업체에서 근무하며 특례보충역으로 군에 가지 않아도 되었지만, 군대에 꼭 가고 싶었다. 물론 기대 반 걱정 반이었다.

논산훈련소에 입소하여 폭염과 싸우며 낮에는 제식훈련, 사격, 태권도, 화생방 훈련을 받고 밤에는 보초를 서야만 했다. 내가 속한 27연대 2중대는 고속도로 바로 옆이라 항상 차 소

▲ 군부대에서 보초근무하며

리가 들려 달 밝은 밤이면 고향으로 달려가고 싶은 마음이 더했다. 신체가 건강하고 열심히 훈련을 잘 받아서 그런지 수도 경비를 담당하는 "수경사"에 차출되었다. 태권도와 총검술 우수병으로 대대장 표창를 받았지만 아폴로 눈병이 복병이었다. 눈병이 심해져서 사격을 망쳤고 아쉽게도 "수경사"로 갈 수가 없었다. 맥이 빠졌다. 훈련소에서는 헌병대로 가서 근무할 것을 추천을 했지만 나는 경기도 포천에 위치한 5군단을 가게 되었다.

▲ 눈 내린 군부대에서

논산에서 포천 5군단으로 이동하던 밤, 비가 억수같이 쏟아졌다. 수송관 고참들은 또 얼마나 엄포를 놓고 군기를 잡던지……. 5군단에 배치되어 대기 중 1대대 2중대 행정병으로 차출이 되었지만 문제는 행정병 자리가 없어 무작정 기다려야 했다. 3개월간 강원도 산간벽지에 다리를 놓고 옹벽을 쌓는 일을 하며 기다리고 있었다. 그렇게 기다려도 행정병 자리가 비지 않자 결국 배치 받은 곳이 취사병이다. 취사병의 일과는 새벽 4시 30분에 기상하여 저녁 8시까지 밥하고 부식 만들고 청소하는 일이었다. 사실 인사계 중사님을 졸라서 취사병을 지원한 것은 다른 병과에 비해서 시간이 많아 그 시간에 사회에서 필요로 하는 공부를 하고 싶어서였다. 울산에서 자취할 때 음식을 해 먹었던 덕분인지 취사병이었던 나는 나름 밥도 잘했고 모범식당이 되어 여단장님도 우리 식당을 방문해 식사하시며 칭찬을 아끼지 않으셨고 포상휴가도 주셨다.

한 번은 강포리라는 곳에 도하 훈련을 갔었다. 본래 공병대란 강 사이에 다리를 놓아 병력과 전차 차량이 이동할 수 있도록 부교를 세우는 부대이다. 그 때 내 목에 얼마나 큰 종기가 났던지 의무병 상병님이 맨손으로 종기를 짜서 총알구멍만한 종기에 붕대 한 뭉치를 넣고는 마이신 몇 알로 치료했던 기억이 난다. 그런대로 취사병 생활은 재미있었고 고참들에게 기합과 매도 덜 맞았다. 특히, 입대 동기들이 12명이었는데, 그 동기들에게 내가 몰래 술안주를 만들어주는 특권도 누릴 수 있어 좋았다.

취사병이 좋은 것은 늘 배고픈 사병들에 비해 밥을 배불리 먹을 수 있었고 또 하나 취침 점호가 끝나면 우리들만의 오붓한 심야 만찬을 즐길 수 있어서 좋았다. 그때 술안주는 주로 두부, 멸치, 고추장이었고 계란프라이는 특별식이었다. 문제는 가끔 상급부대에서 쌀, 고춧가루, 된장, 고추장, 식용유 재고검열이 나오기 때문에 나름대로 관리를 잘 해야 했다. 그렇게 야식을 즐기고도 중대원들에게 허용되지 않았던 특별식도 가끔 만들어 주면 얼마나 좋아하던지, 그 모습을 보면 자식을 배불리 먹이는 부모의 마음도 헤아릴 수 있을 것 같았다.

▲ 군대 내무반에서

　모든 부대가 그렇지만 우리 입대 동기들 중에도 고문관이 두세 명이 있었다. 매일 늦도록 기합을 받는 모습이 안스러워 나는 그들을 밤마다 불러내 총검술, 태권도를 숨어서 가르쳐 주기도 하였다. 그런 일을 어떻게 알았던지 중대장님과 인사계 중사님, 고참들도 나를 많이 좋아하셨다. 한번은 눈이 엄청 내린 날이었다. 아침 일찍 길이 아닌 곳에 사람 발자국이 났고 범인을 색출한다고 육군사관학교 출신 소대장님이 한겨울 엄동설한에 전소대원을 팬티만 입힌 채 하루 종일 구보에 포복 기합을 주었다. 그 모습을 보고는 마을사람들까지 나와서 소대장님을 말리는 일까지 생겼고 마지막으로 "부모님 은혜" 노래를 합창하며 모두 한데 엉켜 엉엉 울었다. 그 시절 그날도 이제는 그립다.

　요즘은 그런 생각이 많이 희석 되었지만 자고로 남자는 군대를 다녀와야 대장부가 된다는 말에 나는 전적으로 공감한다. 남자로 태어나 가정을 책임지고 사회의 버팀목이 되기 위해서는 우선 기초 체력을 갖추어야 하고 세상을 사는 동안 감내해야 할 수많은 어려움과 난관을 극복해낼 수 있는 정신력을 갖추어야 하는데 군 복무 기간이 바로 건강한 체력과 정신력을 함양하는 국민수련장이기 때문이다. 또한 엄격한 규율과 지휘체계 아래서 체험하는 공동체의식은 군 제대 후 사회생활에도 밑거름이 되는 리더십 교육이고 군부대 구성원들 간의 융화와 화합은 원만한 대인관계의 학습이기도 하다. 그렇기 때문에 미국, 영국, 프랑스 등 선진국 젊은이들이 군 입대를 자원해서 "불가능은 없다. 안 되면 되게 하라!"는 용기와 군인정신을 자진해서 배우고 사회에 진출해 그 진가를 발휘하

는 것이다. 또한 사회에서도 그런 군인들을 존중하고 예우하
는 것이다.

▲ 군부대 선임병들과

PART 3

둥지를 꾸미고 일터를 가꾸고

중소기업체 부신유압의 상머슴

자랑스러운 육군 병장으로 제대를 하고 고향에 내려와 일주일가량 머물렀는데 빨리 취직을 하고 싶었다. 큰 공장에 실습을 나와 기술자로 커가는 친구들, 그리고 대학에 진학해서 새로운 인생길을 개척하던 친구들에 비해 나는 어디에도 뿌리를 내리지 못한 모종과 같아서 점점 불안감이 엄습해 왔다. 그러다가 부산 형님 댁에 머물며 처음으로 면접을 본 곳이 김해공항 세관이다. 공항의 화물세관으로 수입물건의 검사와 배송처 확인이 담당업무였는데, 공고를 졸업한 나에게는 맞는 일이 아니었다. '송충이는 솔잎을 먹어야 한다.'는 속담처럼 공돌이는 '쇳가루를 먹는 것이 맞다'는 생각이 들어 3개월 근무 후 회사를 옮기기로 마음 먹었다.

　'기술을 배워야 한다.' '기술만이 나의 총칼이고 살 길이다.' 그런 생각으로 찾아간 회사가 중소기업체인 "부신유압"이었다. 그 회사는 우연히 만난 중학교 친구가 소개해준 곳인데 유압프레스 기계를 전문적으로 생산하는 회사였다. 면접 당일에도 세신실업에서 발주한 인도네시아 수출용 기계를 만들고 있었다. 그 기계는 주방의 "포크", "나이프"에 자동으로 마킹을 하고 또 포장하는 '인덱스 머신' 이라는 기계였다. 면접을 보신 고등학교 선배님과 사장님 말씀도 솔깃했고 그 당시에는 유압분야가 새로운 기술이라 호기심도 자극했다. '그래! 이거구나!' 새로운 기술을 배우자는 생각이 번쩍 들었다.

　이튿날 국제시장으로 달려가 작업복을 사고 시내버스로 첫 출근을 했다. 그런데 막상 철공소보다 조금 큰 회사를 다니려니 자존심이 상하고 망설여지는 것은 어쩔 수 없었다. 현대중공업처럼 거대한 조선소 밥을 먹고 회사버스로 출퇴근했던 기억이 떠오르고……. 그 회사에서 내가 지원한 일은 유압기계를 제작하는 유압반이었다. 빨리 기술을 배우고 싶은 마음에 정말 열심히 일했다. 주간근무보다 야간근무가 훨씬 더 많아서 주간근무 월급이 33만원 정도이면 잔업, 철야근무 수당이 월급보다 더 많은 40만원이 넘을 정도였다. 그렇게 잠도 안자고 열심히 일하자 사장님께서도 내 건강이 걱정 되었던지 비타민 영양제도 사주고 월급날에는 회식도 시켜주며 나를 끔찍이 여겨 주셨다. 회사가 어렵고 아직 안정되지 않아서 겨울이면 난로 하나 없이 나무동가리, 걸레나 쓰레기를 태워 난방을 하고 일을 마치면 따뜻한 물도 없어서 대야에 물을 데워 고참 순으로 손을 씻고 퇴근을 했지만 가끔 동료들과 막걸리 파티도 하고 당구도 치고 나름대로 재미있게 지냈다.

소위 전국에서 가장 유명한 공고인 대통령 학교를 나와 자존심도 강했고 꿈도 컸지만, 나는 회사에서 남들이 하기 싫어하는 일을 솔선해서 묵묵히 했다. 가스가 가득한 유압탱크 내부 청소도 하고 방염장갑도 아닌 면장갑을 낀 채로 배관파이프의 염산처리도 했으며 학교 배관과에서 배운 기술로 남들이 어려운 일이라 피하는 배관일은 도맡아 했다. 그렇게 2년 이상 일하며 유압기계를 마스트하자, 사장님은 시운전 일을 나에게 전담시켰다. 그러다보니 회사 내에서 일하기보다는 출장을 다니는 일이 더 많아졌다.

시운전 출장은 대부분 우리 회사에 유압기계를 발주한 회사 공장에 직접 가서 그 기계를 설치하고 성능을 테스트 하는 일이다. 그러다보니 발주처 관계자들과 업무관계도 좋아야 했고 실력도 그들을 압도해야만 했다. 그러기 위해서는 나름대로 유압기술에 대한 선진국의 전문서적을 구해 남들 잠자는 시간에 공부를 하고 영어 실력도 갖추어야만 했다. 그렇게 노력하자 회사 사장님은 수주 받는 유압기계 중에서 새로운 기종과 고가의 대형 유압기계 제작은 나에게 전담 시켰다.

회사에 다닐 때 저녁이면 가끔 고등학교 친구들과 만나 소주를 마시며 다니는 회사 이야기, 앞으로의 꿈과 포부에 대한 대화도 나누었고 한참 젊었을 때라 여자 친구와 애인 자랑도 하였는데, 그때 나는 애인은 고사하고 여자 친구 하나 없는 숫총각이었다. 그런 나에게 마침 이종사촌 여동생이 병원 간호사 아가씨 한 명을 소개시켜 주었다. 그후 몇번을 만났는데 별 볼일 없는 회사에 다닌다고 딱지를 맞은 기억은 아직도 쓸쓸하다. 사실 그때 나는 새벽에 출근해 밤늦게 퇴근하며 '별보기 운동'이 한참일 때라 별 볼 일이 많았던 반면 그 아가씨는 키도 작고 얼굴도 그다지 예쁘지 않아서 밤에 별보고 다닐 일이 그렇게 많지 않을 듯 하다고 스스로를 위로하였다.

　부신유압의 사장님은 본받을 것이 많은 훌륭하신 분이다. 유압분야에서는 둘째라면 서러워할 만큼 실력도 갖추어 부산에서는 알아주는 분이고 특히, 회사에서 생산한 제품에 조그만 흠이라도 있으면 다시 조립할 만큼 철저했다. 지금 생각해보니 그때 사장님으로부터 배운 철저함을 어느새 나도 모르게 우리 회사에 적용하고 있었다. 그렇게 2년 반을 일하고 내 회사를 꼭 갖고 싶었던 큰 꿈을 펼치고 싶어 회사에 사표를 냈다.

　사표를 내던 날, 내가 살던 자취방에 소주와 통닭을 직접 사들고 사장이 찾아왔다. 그동안 고마움과 아쉬움에 눈물을 보이는 바람에 나도 같이 울며 이별주를 마신 기억이 난다.

▲ (주)남경에서 함께 근무했던 동료들과

주식회사 남경,
기계산업에 뿌리를 내리다

다시 일하게 된 회사는 (주)남경이라는 곳이다. 과거에 유명했던 대우정밀주식회사의 관계회사로 동시에 다각면을 가공할 수 있는 폴리건 머신(Polygon Machine)을 국내 최초로 개발하여 절삭기계, 브로치기계를 개발 생산하는 회사였다. 정밀기계 특히, 컴퓨터로 자동화하여 기계로 기계를 만드는 회사에 공돌이 인생의 승부를 걸고 싶었던 나에게 이 회사는 안성맞춤이었다. 결국 이 곳에서 나는 내 인생의 운명인 브로치 기계를 만나게 된다.

회사에 취직하려고 면접을 보러 갔는데 사장님도 맘에 쏙

들었다. 육군사관학교 출신으로 무서울 정도로 카리스마가 철철 넘쳤다. 입사해서 담당했던 일은 부산유압에서 배운 유압, 배관, 애프터서비스(A/S) 분야였다. 2년 반 동안 별보기 운동하며 습득한 실력을 십분 발휘할 수 있었다. 대부분 수동선반(Bench Lathe)으로 부품을 가공하는 공장이었는데 컴퓨터로 기계를 작동하는 자동CNC 선반공장은 산비탈 밭을 일구어 신축해야 할 상황이었다.

입사시험에 무사히 합격하고 그 다음날부터 25인승 미니버스로 출퇴근 해서, 온종일 하는 일은 땅파기였다. 공장을 신축하는 일에 매달렸다. 말이 공장신축이지 산비탈 밭을 공장 터로 닦는 기초공사였고 리어카로 흙을 퍼 나르는 힘든 작업이었다. 3개월간 골짜기를 메워 우리 손으로 천막을 치고 공장과 사무실을 직접 지었는데 완성 후 얼마 되지 않았는데 태풍에 공장이 온데간데없이 사라지고 말았던 어처구니 없는 일도 겪었다. 다시 땀 흘려 더 튼튼한 공장을 짓고 설계실, 영업부 사무실도 만들었다. 직접 지은 건물이어서 애착이 더 갔다. 그렇게 고생하며 공장을 신축하던 날들, 허기를 달래주던 라면과 통구이 통닭 맛은 지금도 잊을 수가 없다. 그리고 그 때 공

장을 신축하며 배운 건축기술은 훗날 우리 공장을 세울 때 큰
도움이 되었다.

▲ 남경 근무시절 일본국제기계 박람회에 참가하여

그 공장에서 1년 3개월간 일을 하고 88서울올림픽이 개막되
었던 1988년 8월 경남 양산시 정관면에 위치한 신사옥 공장으
로 다시 이전을 하게 되었다. 신사옥은 깊은 산속에 위치해 있
어 주변은 사시사철 푸른 숲으로 우거지고 산새소리도 들리는
정말 좋은 곳이다. 내가 근무했던 제2사업부는 삼성중공업, 한
양공영, 금성전기, 포철산기, 대창산조 등 여러 큰 회사의 기계

가공라인(Line) 공사를 많이 했는데 기계 설치와 A/S 마무리 공사는 내가 도맡아 했다. 그런 큰 공장에 기계를 설치하러 출장 가면 발주처의 텃세도 심했고 미처 준비하지 못한 치·공구도 많아 애를 먹기 마련인데 가는 곳마다 고등학교 친구들과 선후배들이 많아 일이 신났다. 그때 느낀 것이 인맥이 이렇게 중요하고 우리나라 산업현장 곳곳에 흩어져 일하는 고등학교 친구들과 동문들이 얼마나 큰 자산인지를 실감할 수 있었고, 그 때부터 나는 동문회 활동에도 애정을 쏟지 않을 수 없었다.

일이 바쁘다 보니 우리 회사 공장에서 기계를 가공 조립하면 바로 출고해야 했다. 그런데 품질이 문제였다. 미처 시운전도 해 보지 못하고 발주처 현장에서 설치와 시운전을 겸해야 했는데 거기서 문제가 터졌다. 그때 주로 봉고차를 몰고 다니며 A/S를 해주었다. 그런데 나도 봉고차 엔진도 열을 받아 퍼질 정도였다. 발주처 직원들에게 배가 부르도록 엄청 욕을 얻어먹고 철야는 밥 먹듯이 했다. 동일금속, 창원기화기, 대창단조, 삼성중공업, 한영공영의 공사는 가장 애를 먹이던 공사로 지금도 고생했던 순간이 눈에 선하다. 이때에 기계 제작 시스템은 기계 시운전도 안하고 출고시키는게 대다수인지라 설치

시운전과 수금하는데 특히 무척이나 힘들었다.

그렇게 몸소 체험한 뼈저린 경험들은 내 회사를 경영해 가는 데 나침반과 이정표가 되어 주었다. 우리 공장에서 시운전까지 완벽하게 마무리 되지 않은 기계는 납기를 지키지 못해 엄청난 지체보상금을 부담할지라도 나는 결코 출고하지 않았고 그런 철학을 지키기 위해서는 품질과 납기에 더 열정을 쏟았다. 그리고 그런 정성은 우리 회사에서 제작한 기계의 품질보증서가 되었고 수주의 주춧돌로 견고해 졌다.

그렇게 땀 흘려 일하자 회사는 나에게 생산팀장을 맡겼고, 나는 제2사업부 현장 책임자로 승진하여 기계를 조립하는 많은 작업자들을 통솔하는 일을 했다. 그들에게 기능과 기술을 가르치고 군에서 배운 체력훈련과 체조, 태권도를 가르치고 가끔은 집으로 초대해 직접 요리를 해 먹이는 취사병의 솜씨도 발휘했다. 그렇게 우리들은 한 식구들처럼 똘똘 뭉쳤고, 어디에 내 놓아도 손색없는 명실상부한 기계사업부를 만들어 나갔다.
회사의 자랑거리가 제2 기계사업부였다. 회사에 모든 손님이 오시면 우리 기계사업부만큼은 현장을 꼭 둘러보는 투어코스였다.

그러나 새옹지마라 했던가? 그런 능력을 맘껏 발휘해 보지도 못했는데 1992년 회사가 부도나고 말았다. 무리한 공장 증축 그리고 큰 거래처가 망하는 바람에 납품한 기계설치 공사비를 받을 수 없었다. 눈앞이 깜깜했다.

▲ (주)남경에 함께 근무했던 동료들

부도난 남경을 다시 우뚝 세우다

부도난 회사는 절망적이고 막막했다. 능력 있는 직원들은 한 명 두 명 짐을 챙겨 떠났고, 빚쟁이들과 채권단은 회사에 쳐들어와 아우성이었으며, 굉음을 내며 돌아가야 하던 기계는 먼지만 쌓여갔다. 부도 나던 날, 회사에서 날밤을 세우고 새벽에 퇴근해 집에 들어오자 자고 있는 어린 자식들과 아내 얼굴이 뿌옇게 보였다. 눈물이 앞을 가렸다. 어떻게 해야 하나! 나도 새로운 일자리를 찾아야 하나, 아니면 부도난 회사를 다시 일으켜 세워야 하나, 청춘을 바쳐 맨손으로 세우고 내 회사처럼 일했던 곳이라 차마 떠날 수가 없었다.

빵 하나에 우유 한 모금을 마시고 다시 공장으로 달려갔다.

그때 나는 처음 눈물 젖은 빵맛을 알았다. 회사로 돌아가 사장님을 설득했다. 내가 사장인 양 주제 넘었지만 그렇게 하지 않으면 나를 주체하기 힘들었다. 낙심해 의욕을 잃고 방황하던 부하 직원들을 독려해 다시 기계를 돌렸고 그렇게 힘든 1년의 세월을 이겨내자 회사도 다시 점점 일어났다.

그때 무엇보다도 시급한 일은 시간을 버는 일이었다. 채권단을 설득해 채무변제를 늦추는 일이었고 부도난 회사가 다시 돌아가도록 주문을 받는 일이었다. 나보다 회사 사장님과 임원들이 더 뛰어 다녔지만 나는 내 위치에서 때로는 그들과 몸싸움하고 같이 사는 길을 찾자며 눈물로 하소연하고 설득해야만 했다. 세상에 죽으라는 법이 없다는 말을 이순신 장군은 필사즉생(必死卽生)이라고 했던가? 그리고 돈을 벌기 위해서는 먼저 시간을 벌어야 한다. 시간이 곧 돈이기 때문이다. 그렇게 번 시간을 땀과 피눈물로 채워야 한다. 이 세상에서 가장 진하고 귀한 액체 피와 땀과 눈물을 쏟으면 가슴에는 희망이 움트고 들에는 곡식이 영글고 주머니도 지폐로 두툼해진다.

부도난 회사가 다시 안정을 찾자 직원도 300명이 되었고 조직도 점점 커졌다. 사업1부는 정밀가공사업부로 주로 자동차 부품, 방위산업부품, 농기계와 섬유기계부품을 200명이 넘는 직원들이 부품을 생산했고, 2사업부는 기계사업부로 70여 명의 직원이 함께 일했다. 나는 기계사업부를 맡아 일했는데 1995년 영업부 차장으로 발령을 받아 전국 영업을 담당했다. 얼마나 전국을 돌아 다녔던지 1년에 차량운행 거리가 6만Km가 넘을 정도여서 5년을 타면 새 차로 바꿔야만 했다. 영업실적도 우수해 회장님께 칭찬도 많이 받았고 차량도 "메그너스"로 바꾸어 주었다. 리무진이 부럽지 않을 만큼 좋았다. 내가 그렇게 잘 나가자 동료들의 시샘과 오해를 받기도 했다. 대우그룹의 대우기전 임원들과 직원들의 신뢰가 컸으며 그분들의 도움으로 관계사 여러 곳을 개척해 영업실적을 많이 올릴 수 있었다. 그때 영업하면서 맺은 인맥들이 지금도 내 사업에 많은 도움을 주고 있다.

그렇게 적극적인 회사 생활은 업무뿐만이 아니었다. 회사 야유회를 가면 총무과에서 사회를 보았는데 영업부에서 일하는 내가 사회를 맡았고 회사 체육대회를 할 때는 승부욕이 강해 남들에게 지고는 못 살았다. 한번은 회사 체육대회 축구경기 도중에 다른 부서 직원들과 큰 싸움이 났다. 결국 나는 책임자로 회장님께 불려가 엉덩이에 퍼런 멍이 들도록 몽둥이찜질을 맞았다. 얼마나 아프고 분하고 화가 나던지……. 군에 갔을 때 조직을 위해 대신 맞았던 매가 면역제가 되어 주어 잘 참았다. 조직을 위해서라면 나는 어떤 싸움이든 앞장섰다. 그리고 그 싸움의 가장 미더운 총알은 열심히 일한 성과와 실적이었다. 그때 회사에 보유한 업무차량이 티코 2대에 프라이드 3대였는데 차량 배차 전에는 좋은 차를 배차 받기 위한 전쟁을 해야만 했다. 그런 나를 위해 사장님도 많이 챙겨 주셨다.

회사차로 대우에서 새로 나온 차 "씨에로"를 업무차량으로 새로 구입했다. 그 차를 내 전용차로 정해 주었고 얼마 타지 않아 "에스페로(Espero)" 흰 차로 다시 바꾸어 주었다. "에스페로(Espero)"는 스페인어로 "희망하다. 기대하다"라는 뜻이다. 나는 회사의 기대를 저버리지 않고 에스페로 차를 타고 다니며 주말과 휴일도 없이 영업실적 또한 엄청 올렸다. 일이 재미있으니 피곤할 틈도 없었고 자연히 신바람도 났다.

▲ (주)남경 야유에서 사회자로서 마이크 잡고

중매로 만난 아내

나를 아는 대부분의 사람들은 내가 연애결혼을 했을 것이라고 짐작한다. 그 이유가 아마도 우리 나이 또래는 중매결혼보다 연애결혼이 훨씬 더 많은 때였고, 젊었을 때 듬직했던 내 키나 인물이 중매보다는 연애결혼을 했을 것이라고 여기기 때문이 아닌가 싶다. 한마디로 내가 총각 때 여자 꽤나 꾀고 울렸을 것으로 생각한다. 그러나 나는 그 반대다. 지금 생각하면 젊은 날 가슴 절절한 연애 한번 제대로 못해보고 중매결혼을 한 것이 조금 억울하기도 하다.

나는 총각 때 선을 많이 보았다. 애인하나 구하지 못하는 즉, 여자 하나 자력갱생하지 못한 나를 가엾게 여겨서인지 친구들 소개로 3명, 부모님과 친척들 소개로 7명, 총 10번쯤 선을 보고 지금의 아내를 만났다. 고등학교 졸업도 10회, 아내를 만난 것도 열 번째, 열심히 살고 열정적으로 살라고 그런지 숫자 열과 나는 인연이 깊다.

아내는 고향이 같은 합천 여자다. 선도 고향 합천 대병에서 보았다. 선을 본지 한 달 만에 결혼 날짜를 잡았고 만난 지 채 백일도 되기 전에, 다섯 번 만난 후 결혼을 하였으니 중매결혼이라서 그렇게 빨리했던 것 같다.

솔직히 아내를 처음 본 순간 현모양처라는 느낌이 들었다. 아내는 얼굴도 예뻤으며 무엇보다도 마음이 고왔다. 제 눈에 안경이라 그렇겠지만 아내를 선택한 것은 중학교 선후배 사이로 서로를 잘 알았기 때문이었다. 중매를 통해서 어떻게 자라 왔고 집안에 대해서도 알게 되었으며 그런 서로의 믿음이 부부 인연의 바탕이 되었다고 생각한다.

선을 보았던 그때, 나는 부산에서 직장생활을 하고 있었고 아내는 서울에서 직장을 다녔기 때문에 청춘의 가슴을 달랠 설레는 데이트도 쉽지 않았고 아기자기하고 애틋한 러브스토리를 가꿀 수도 없었다. 지금 생각하면 참 아쉽지만 우리 부부는 살면서 더 사랑하라는 숙제를 안고 만났다.

88올림픽으로 시끌벅적했던 1988년 1월 우리는 부산 사상동의 대원예식장에서 결혼식을 올리고 제주도로 3박 4일 신혼여행을 다녀왔다. 우리가 중매로 만나 여행다운 여행을 처음 간 곳이 제주도라 그런지 지금도 제주도는 좋은 것 같다.

우리 또래의 동년배들이 다 그랬겠지만 그 시절 결혼과 살림살이에 필요한 자금도 우리가 번 돈으로 해야 했다. 직장생활을 하면서 모은 얼마 되지 않는 돈으로 패물도 마련하고 결혼식 비용도 쓸 수밖에 없어 우리부부 신혼살림의 시작은 연탄불 아궁이 부산 남산동의 단칸방이었다. 지금은 한옥 풍으로 리모델링한 큰 아파트에서 살고 있지만 이런 보금자리를 갖기까지 방 두 칸짜리 집, 다시 재래식 방 한 칸짜리 집으로, 그리고 24평 주공아파트로 이사를 헤아릴 수 없을 만큼 여러 번 다녀야만 했다.

돌이켜보면 내가 아내에게 돈을 많이 벌어다 준적도 없고 또 끔찍이 잘해주지도 못했는데, 아내는 알뜰하게 우리 가정을 가꾸고 자식들을 잘 키워주었다. 아내라는 말이 "집안의 해"라는 말에서 유래했다고 하는데 내 아내는 우리 집안에 먹구름이 몰려오고 찬바람이 불어도 집안의 모든 것이 푸르게 자라도록 키워서 꽃 피고 열매 맺도록 힘이 되어 주었다. 특히, 회사의 어려움과 부도로 아무런 희망도 없이 내가 절망에 허덕이며 밤을 지새울 때 자식들을 굶길 수 없다며 온갖 험한 일을 마다하지 않고 앞장서 주었기에 내가 다시 일어설 수 있었다. 또 가정을 묵묵히 지켜 주었기에 내가 부도난 회사를 다시 일으켜 세우기 위해 수많은 밤을 지새울 수 있었다.

　사랑하는 사람은 인생의 가장 큰 의미이고 또 목적이며 삶의 원동력이기도 하다. 누군가를 사랑하면 진실해지고 진지해지고 열심일 수밖에 없다. 그러기에 우리는 사랑을 해야만 한다. 사랑하는 사람이 있다는 것만으로도 인생은 값지다. 내가 열심히 일해서 회사도 키우고 돈을 많이 벌어서 부자가 되고 싶은 마음은 우리가 서로 시골태생에 못살고 어려웠던 시절들을 우리 자식들에게는 물려주고 싶지 않아서이다.

▲ 결혼식장에서 주례 선생 앞에 선 신랑 신부

믿음직한 꿈나무, 우리 아들

내가 1988년 1월에 결혼하고 그해 겨울 우리 아들이 태어났으니 우리 아들은 허니문 베이비다. 그리고 보니 우리부부가 결혼을 한지도 벌써 28년이 지났다. 결혼하고 자식을 키워보니 인생에 가장 중요하고 값진 일이 자식농사이고 나라와 겨레에 충성하는 일이라는 생각이 절로 든다. 어디에 내어 놓아도 믿음직하고, 내가 다하지 못한 일을 나보다 더 잘할 수 있는 자식은 나뿐만이 아니라 사회와 국가공동체의 미래를 책임질 보배이기 때문이다.

결혼 후 단칸방 신혼집이었던 부산 남산동에서 우리 아들은 태어났다. 자식 자랑이 팔불출이라지만 우리 아들은 어릴 적부터 잘 생겨 동네 이웃들의 귀염을 독차지 했고 유치원이나 학교에 다니면서도 "큰 인물이 될 터이니 잘 키우라"는 말을 많이 들었다. 어려운 살림살이와 회사 생활로 그런 아들을 더 잘 키우지 못한 것이 미안하기도 하고 또 한편으로는 후회스럽기도 하지만 우리 아들은 그런 부모 마음을 아는지 고맙게도 잘 자라 주었다.

특별히 잘해준 것이 없어도 아들은 어려서부터 건강하게 자랐고 특별히 과외나 학원에 보내지도 않았는데 공부도 잘해서 상도 많이 받아 와 우리 부부에게 큰 기쁨을 주었다. 또한 친구들과 잘 어울리며 리더십도 남달라 중학교, 고등학교 때 전교회장을 하기도 했다. 어릴 적 이루지 못한 내 꿈이 육군사관학교나 공군사관학교라서 아들을 공군사관학교에 보내고 싶었는데 그 꿈을 아들이 대신해 주지는 못했지만 아들은 유명한 공과대학에 입학해서 우수한 성적으로 졸업하고 외국유학을 다녀와 지금은 국내 큰 회사에 입사해 기술부에서 중추적인 역할을 하고 있으니 가슴 뿌듯하다.

요즘 젊은이들이 결혼을 하지 않고 또 자식을 낳아 키우려고 하지 않는 풍조가 만연해 우리나라의 출산율이 세계 최저라서 누구나 걱정들을 많이 하고 있다. 그런데 이런 현상은 어찌 보면 선진국으로 가는 과정에 발생하는 이기주의와 개인주의 사회병리 현상의 하나이고 자식을 낳아 키우는 부모의 보람과 기쁨을 젊은이들에게 느끼도록 해주지 못한 기성세대의 책임이기도 하다. 자식을 낳아 잘 키우는 일이 세상의 그 어떤 일보다도 값지고 또한 기쁨과 보람을 얻게 되는 일인지를 모르는 것이 참으로 안타까울 뿐이다. 아무리 자식을 키우고 교육 시키는 일에 돈이 들고 힘들지라도 우리들 부모님 세대만 하겠는가?

어찌 보면 아버지인 내가 기계산업 분야의 일을 해서 아들도 자라며 그런 나를 보고 공과대학을 지망했고 직장도 이 분야를 선택했는지도 모르겠다. 아들이 지금 다니는 회사에 입사

한지 2년 밖에 안 되었기 때문에 앞으로 아들이 어떤 일을 하고 싶은지 깊이 있는 이야기를 나누지는 않았지만 자기가 하고 싶어 하는 일에 최선을 다해 자기성장을 이루고 그 분야에서 최고의 기술자로 인정받기를 나는 바란다. 물론 아들이 아버지 회사를 이어받아 경영하고 싶다면 있는 힘을 다해 도와주고 싶지만 나는 자식이기 때문이라는 이유보다도 나보다 더회사를 잘 이끌어 갈 수 있는 자질과 능력을 갖추는 것이 더우선이고 밑바탕이 되어야 한다고 생각하기에 아버지 회사를경영하려면 회사의 말단에서부터 혹독한 경영수업을 해야만가능하다고 생각한다.

그런 차원에서 보면 지금 대기업에 근무하며 기업조직의 기본과 경영이론을 터득하고 경험하는 것이 반드시 필요하고 소중하다. 그래야만이 전문경영인의 철학과 비전도 세울 수 있고 기업을 경영하는 안목도 키울 수 있으며 치열한 경쟁에서살아남을 수 있는 역량도 갖출 수 있다. 무엇보다도 아들의미래는 아들의 열정과 능력을 최대한 발휘할 수 있는 곳에 머물도록 해주는 것이 부모의 도리이고 이는 곧 아들의 행복을지켜주는 길이라고 생각한다.

이런 아들을 나에게 선사해준 하늘에 감사하고 또 키우고 가르쳐준 학교와 사회가 고맙고 그런 아들이 살아갈 우리나라가 더 좋은 나라가 되도록 더 열심히 일하고 싶은 마음을 주니 자식은 하늘이 내려준 선물이다.

▲ 아들 어릴적에

귀여운 우리 양념 딸

이 세상에서 내가 가장 아끼는 보물은 우리 딸이다. 몇 년 뒤 우리 딸이 사랑하는 짝을 찾아 결혼을 하고 집을 떠나게 되면 얼마나 아쉽고 허전할까 벌써 그런 걱정이 앞선다. 나에게 그런 생각이 유별난 것은 딸 사랑은 아빠이고, 요즘 TV에서도 자주 보듯이 세상 모든 아빠가 딸 바보라는데 나는 우리 딸 어릴 적에 그런 사랑을 맘껏 주지를 못한 미안함이 늘 가슴 한구석을 차지하고 있기에 더욱 그렇다. 우리 딸이 한참 재롱을 부리던 유치원, 초등학교 시절 나는 가정이나 가족들보다 회사에 미쳐 살아야 했다. 회사에서 밤을 지새우는 날이 많았고 며칠씩 거래처에 출장을 다녀와야 하는 날도 많았다.

딸에게 아빠의 사랑을 주지 못했지만 우리 딸은 참 고맙게 잘 자라 주었다. 그리고 우리 가족에게 천진난만한 재롱을 선사해 주어 삶의 시름을 잊게 해주고 더 열심히 살아야만 하는 의미를 되새겨 주곤 했다. 학교에 다닐 때는 스스로 공부도 잘했고 한번쯤은 홍역을 치루며 넘어야 한다는 사춘기 고개도 부모에게 걱정 주는 일 한번 없이 잘 넘어가 주었다. 아들보다도 딸 키우는 재미가 더 큰 이유는 딸 자식을 가진 부모들은 다 잘 알 것이다.

세계에서 부모님의 교육열이 가장 높은 나라가 우리나라라는데 나는 우리 딸이 학교 다닐때 선생님을 직접 찾아 뵙거나 학교에 도움이 될 만한 일을 앞장서 해준 게 없었다. 물론 아내가 나를 대신해 그 빈자리를 채워 주었지만, 지나고 보니 또다시 할 수 없는 일이라 아쉽고 미안한 마음이 든다. 그런 미안함에 요즘은 불우한 청소년들의 장학사업에도 미력하나마 힘을 보태고 있다.

　우리 딸은 나처럼 친구들도 많은 것 같다. 피는 못 속인다고 궂은일을 마다하지 않는 적극적인 성격이라 인기도 많고 리더 역할을 도맡아 한다. 부산에서 대학교 공부를 마치고 외국 유학을 다녀와 지금은 서울의 유명대학에서 박사과정을 공부하고 있다. 공부를 마친 후 딸이 하고 싶은 진로가 확실해서 믿음직하고 기대가 크다. 내가 부모로서 딸에게 해줘야 할 도리는 딸이 꿈꾸어온 미래를 활짝 열수 있도록 도와주고 지지해주는 일이라고 생각한다. 그것이 어릴 적 딸에게 베풀어 주지 못한 아빠의 빚을 갚는 일이고 부모로서 자식이 자라는 과정에 멘토의 역할을 제대로 못해준 아쉬움도 달랠 수 있는 보속의 길이라고 여겨진다.

　이렇게 예쁜 우리 딸에게 바램이 있다면 세상의 보편적인 가치, 즉 평범한 인생길에서 소소한 기쁨을 누리길 이 애비는 바란다. 때가 되면 좋은 남자 만나서 사랑하고 행복의 보금자리인 가정도 꾸미며 특히 아이들을 여럿 낳아 우리 딸처럼 예쁜 아이들을 세상에 선사해주는 그런 엄마로 살길 바란다. 그런 인생길을 걸으며 세상에 훌륭한 일들을 해낸 사람들이 얼마나 많은가? 사실 그런 삶이 평범하고 보편적인 일생 같지만 인간은 사랑을 할 때 가장 귀한 존재가 되고 어머니가 될 때 가장 성스러운 역할을 하는 것이라고 나는 생각한다.

PART 4

브로치 산업의 기수
한국브로치(주)

IMF와 한국브로치(주) 탄생

그렇게 신바람 나서 일하던 1997년 IMF 국가부도 사태가
났다. "지성이면 감천이다."라는 속담도 무색하였다. 본래 세
상살이가 고해라 했던가. 속절없이 무너지는 하늘 아래 멍하니
서있는 경우도 많다. 그리고 무너지는 하늘은 내 의지와는 상
관없었다. 하늘을 감동시키기 까지는 수많은 세월이 필요했지
만 하늘이 무너지는 일은 한순간이었다. 부도난 나라는 국제
금융기관으로부터 빚이라도 얻을 수 있었지만 은행부터 문을
닫는 나라에서 기업들은 기댈 언덕은 오직 자구책뿐이었다.

영업부 직원들에게 지급하던 기름 값도 줄였고 고속도로 통

행료를 아끼려고 국도를 찾아 다녔다. 그런 상황에서 월급이 밀리고 집안에서 살림만 하던 집사람도 식당 주방이나 허드렛 일자리라도 구해야 했다. TV를 켜면 나라 전체가 폐업과 실직으로 살아남아야 하는 생존경쟁 중이었고 경제 전쟁터였다. 납품한 회사의 수금도 늦어지고 그것도 6개월짜리 어음이라 내가 직접 은행을 찾아다니며 대폭 할인해 현금교환을 했지만 회사는 점점 더 어려워 졌다.

회사에서도 이것저것 별의별 자구책을 강구했지만 뾰족한 수가 없었고 결국 사장님도 바뀌고 각각 사업부 별로 쪼개어져 아웃소싱 회사를 만들게 되었는데 그때 기계사업부 23명으로 내가 만든 회사가 한국브로치이다. 사라호 태풍이 휩쓸고 간 해, 초겨울에 내가 태어났듯 우리 회사 한국브로치도 IMF 광풍이 휘몰아쳤던 가장 어려울 때 서럽게 탄생한 회사이다. 자의반 타의반으로 시작한 회사였고 아무리 힘들어도 버티고 살아남아야만 했다. 허리띠를 졸라매고 그 허리가 휘어지도록 2년을 뛰어 다니자 회사는 어느 정도 자리를 잡았고 그때서야 조촐한 대표이사 취임식도 마련했는데 그때가 1999년 4월이었다.

학교를 졸업하고 현대중전기 말단 기능공으로 취업해서 사원, 계장, 직장, 차장, 이사, 본부장, 한국브로치 대표이사 사장의 자리에 오르기까지 20년이 걸렸고 그동안 밑바닥 일부터 안 해본 일이 없을 정도로 나는 산업현장의 잡초로 컸고 생산 공장의 인동초로 자랐다.

요즘 젊은이들의 취업난이 사회문제가 되었고 반대로 산업 현장은 구인란에 허덕이고 있다. 그런데 가만히 보면 청년들이 일할 일자리가 없어서 취업을 못하는 것이 아니라 편한 일, 쉬운 일자리만 찾다보니 취업을 못하는 것이다. 즉, 취업 기피현상이다. 그러므로 이 문제는 사회문제라기보다 취업 직종편중의 병리현상이고 "젊어서 고생은 사서도 한다."는 성현들의 교훈을 망각한 사회가 당연히 앓을 수 밖에 없는 병이다. 애초에 조물주가 열 중 아홉은 몸을 써서 밥벌이를 하고 열중 하나만 머리 쓰는 일로 먹고 살도록 만들었는데 열중 열이 머리만 굴려 편하게 먹고 살려는 세상이라 이 문제는 대통령이 아닌 조물주도 해결할 수 없는 일이라고 본다. 그러므로 청년실업 해소는 가정에서 부모들이 자식을 강하게 키우겠다는 마음가짐부터 바꾸지 않으면 안 된다. 자식을 온실의 연약한 화초로 키웠는데 어찌 야생초로 살 수 있겠는가? 자식을 기업인으로 경영인으로 키우고 싶으면 가장 열악한 생산현장에 보내 밑바닥부터 기술을 배우게 하라. 스스로가 재벌이 아니라면 자식이라도 강건하도록 담금질해야 하고 물려줄 기업이 있다면 더 밑바닥부터 크도록 해야 대를 이어 그 기업을 지킬 수 있다.

그런 어려움 속에서 출발한 한국브로치는 물불을 가리지 않고 일했고 예전에 근무했던 남경이라는 회사의 마무리 일까지 맡아서 자리를 잡아 갔는데 첫 해 영업매출도 연간 12억 정도 되었다.

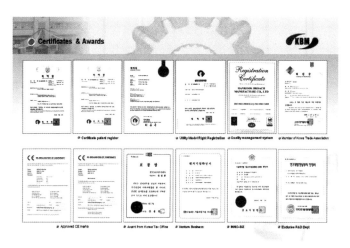

▲ 한국브로치(주) 특허증과 인증서

대우그룹의 해체와 벼랑 끝 곰솔

IMF의 어려움 속에 설립한 한국브로치가 이제 막 뿌리를 내리던 쯤 지금까지 살아오면서 겪어야 했던 역경 중에서 가장 큰 시련을 감내해야할 엄청난 사건이 터지고 말았다. 국내 대기업 2위를 넘보던 대우그룹의 해체 사건이다. 우리 회사는 내가 (주)남경에 근무할 당시부터 대우정밀 등 대우그룹 관계사와 각별한 관계를 맺어 대부분의 수주가 대우그룹 관계사였는데 앞으로 수주를 받을 수 없는 것도 문제였지만 대우그룹의 부도로 납품한 기계의 자금 회수도 막막했다.

국민의 정부가 들어서고 대우그룹이 더 잘 될 거라고 기대를 했는데 연매출 60조원의 대우그룹 해체는 그룹 임직원은 물론 하청업체 가족들에게도 사망선고와 다를 바 없었다. 달랑 24평 주공아파트 한 채가 재산의 전부였던 나로서는 감당할 수 없었다. 한솥밥을 먹으며 일해 왔던 직원들의 불안한 눈빛이 두려웠다. 한숨도 잠을 이루지 못하고 지새우는 밤이 늘어났고 우울증까지 겹치자 점점 더 무기력해지는 내가 싫고 미워 죽고 싶은 심정이었다.

마음을 달래고 싶어 낚시도 하러가고 나약해지는 정신을 가다듬고 싶어 수련원에도 다녔으며, 절대자에게 기대고 싶어 종교 기관을 찾아 기도하며 매달려 보기도 했다. 부모 형제 친척들에게 내 어려움을 하소연하는 것은 오히려 걱정만 끼치는 일이라 답답한 심정을 털어 놓을 수도 없었다.

그렇게 힘들었을 때 나에게 가장 큰 힘이 되어준 사람은 아내와 가까운 몇 명의 친구들이었다. 아마 아내와 그 친구들이 없었다면 지금의 나도 없었을지 모른다. 그렇게 하루하루가 절박하고 힘들었다. 친구들이 나를 찾아와 함께 걱정하고 위로하며 용기를 북돋아주지 않았다면 정말 모든 것을 포기하고 싶었던 고통스러운 나날이었다.

"하늘이 무너져도 솟아날 구멍이 있다"고 했던가? 주 거래처였던 대우기전에 미국회사인 "델파이"가 투자를 하게 되었고 대우기전의 기사회생은 나를 다시 일으켜 세웠다. 그렇게 대우기전의 경영이 정상화 되자 대우에서 받았던 어음도 할인이 되고 불면증과 우울증도 사라졌다. 그 어려운 과정을 겪으면서 나도 자살하는 사람들의 심정을 이해할 수 있게 되었다. 지금 우리나라의 자살률이 OECD 국가 중 가장 높은데 절망이 죽음에 이르는 병이라면 희망만이 사람을 살리는 묘약이라는 사실도 절감했던 때이다.

그렇게 희망의 불씨를 3년쯤 지펴 회사가 어느 정도 안정되었을 때였다. 우리 공장이 있던 자리에 갑자기 아파트 단지가 들어서게 되었고 나는 김해를 거쳐 양산으로 회사를 두 번이나 옮기게 되었다. 그렇게 회사가 이전을 하게 되자 같이 일했던 직원들도 점점 줄어들었다. 2003년 1월, 새로 이사한 양산 공장은 500평의 임대 공장이었는데 두 회사가 250평씩 빌려 일하게 되었고 회사 이름도 지금 사용하는 한국브로치(주)로 정했다.

"비온 뒤에 땅이 굳는다."는 말처럼 회사 규모는 축소되었지만 나는 내실을 기했고 회사의 경쟁력을 키우는데 전념했다. 그동안의 기술력을 바탕으로 특허청에 특허도 내고 국제공인품질 ISO인증도 받았으며 단일 거래처의 리스크를 줄이기 위해 여러 거래처를 확보하고자 직접 뛰어 다녔다. 그렇게 3년을 보내자 매출도 급증했고 수주물량을 처리하기에는 공장이 좁았다. 공장을 증축해야하는 행복한 고민을 해야 했다.

▲ 한국브로치(주) 공장전경 사진

공장 신축과 브로치 산업 정복

양산으로 공장을 이전한 후 확보한 새로운 거래처가 현대모비스, 한국GM, 디아이씨, 경창산업, SKF 등 큰 회사였다. 우리나라의 대표적인 자동차 회사에서 특허 받은 신기술을 적용한 우리 회사 제품을 인정했고 쏟아지는 물량을 소화하기 위해서는 공장을 넓혀야 했다. 2개월간 고민을 하다 2006년 5월 500평의 공장 부지를 마련하고 8월부터 공장 신축을 하게 되었는데 공장 설계의 대부분도 내가 직접 했다.

문제는 관청의 허가였다. 공장신축 허가가 지연되어 13번이나 시청을 들락거리며 담당자, 부시장실, 시장실을 찾아다니며 설득하고 부탁해야 했다. 결국 인가를 득했지만 포기하고 싶은 마음이 들 정도로 힘들었다. (주)남경에 다닐 때 맨손으로 공장을 지었던 경험이 큰 도움이 되었고 공장을 신축할 때 생산 공정라인을 어떻게 하느냐와 어떤 설비를 갖추느냐에 따라서 생산성과 경쟁력에도 직결되기 때문에 그동안의 경험과 노하우를 총동원해야 했다.

공장 주변에 나무도 많이 심었다. 푸른 작업 환경이 직원들의 마음도 맑게 해주고 생산제품의 품질과도 직결된다는 믿음에서 였다.

신축한 공장은 나름대로 만족스러웠다. 2007년 1월 11일 새로 지은 공장으로 이사를 하였고 3월 31일에는 그동안 도움을 주셨던 고마운 분들을 초대해 성황리에 개업식도 마쳤다. 새로운 공장에서의 새 출발은 힘찼고 영업도 급성장 하였으며 새로운 기술개발과 해외 시장 개척은 신기술 특허 2건 획득, ISO국제인증 취득, 그리고 중국 시장 등 해외바이어 신규 확보로 이어졌다. 회사 전체 임직원들도 똘똘 뭉쳐 브로치산업 분야의 국가대표기업으로 거듭나자는 열정이 넘쳤고 그 시너지 효과는 알찬 경영성과로 영글었다. 한마디로 신바람 나는 일터였다.

　나는 직장에 다니며 회사원으로 일할 때나 그리고 내가 회사를 설립해 운영할 때 가장 중요한 덕목으로 손꼽은 것은 성실이다. 이른바 성실하다는 것은 스스로 속이지 않는다는 것이다. 스스로 속이지 않는다는 것은 진정한 자기를 다스리고 자기가 스스로에게 바라는 것들을 욕됨이 없도록 하는 것으로 우리 사회가 정한 선과 양심과 진리, 그리고 아름다움을 추구하는 노력이다. 그러므로 직장이나 가정이나 성실한 사람들은 그 공동체의 밑바탕이며 주춧돌이 된다. 옛말에도 "선(善)에 밝지 못하면 정성이 되지 못한다."고 하였다. 그러므로 성(誠)은 하늘의 도(道)이고 정성되게 하는 것은 사람의 도리라고 하였다.

　그래서 나는 성실한 사람들을 귀하게 여긴다. 신입사원들을 채용할 때나 거래처 관계자들을 만날 때도 그 사람이 얼마나 믿을 수 있는 성실한 사람인지 그리고 내가 그 사람에게 얼마나 마음을 주고 미래를 맡길 수 있는 사람인지를 우선 생각한다. 사람이 뜻을 성실히 하기 위해서는 먼저 사물의 이치를 잘 알아 선악의 윤리적 가치에 대한 명석한 관찰이 이루어져야 한다. 그리하여 실제 자기 자신의 마음에서 일어나는 뜻에 따라 철저히 행동으로 실천해 가는 것이 바로 성실인 것이다.

그러므로 성실은 어쩔 수 없이 외부 형세에 따라 남에게 보이기 위해 행하는 것이 아니라 자기내부의 선악에 대한 가치판단에 따라 우러나오는 그대로를 행동하는 것이다. 자기가 진실로 좋아하거나 또는 싫어하면서도 남의 이목이나 외부행세 때문에 어쩔 수 없이 좋아하는 체 하거나 싫어하는 체 하는 하는 것은 위선이요 사악함이다. 그러므로 남이 보지 않는다고 해서, 하찮은 일이라고 해서 함부로 할 것이 아니라 항상 자기 마음은 많은 사람들이 둘러 서 있는 한 가운데 놓여 있다고 생각하고 성실히 신중을 다해야 한다. 나는 그런 마음으로 일했고 그런 사람들과 더불어 살고 싶었다. 그리고 우리 회사도 그런 사람들의 성실함이 탐스런 열매를 맺는 아름다운 가치창조의 터전이길 소원했다.

"지극한 정성에는 하늘도 감동 한다"는 말이 있다. 성실하기가 지극하면 자기 자신은 물론 다른 사람까지도 구제한다는 말인데 이는 매사를 성실한 태도로 행동하고 생활하므로 주위 사람들 또한 선의 가치를 자각하여 정성을 다하도록 덕행으로 감화 시킨다는 것이다. 따라서 성실은 언제나 자기주체를 자각하고 자신의 양심에 따라 진실을 추구하므로 온갖 현실적 상황에 대응해 가는 자세를 말하며 비록 혼자 있더라도 도리에 어긋남이 없도록 삼가는 신중한 자세를 말한다. 이러한 태도는 남에게 어떠한 기대도 가지지 않고 순수한 자기 주체에 입각한 자율이어야 한다.

그동안 수많은 역경과 어려움을 이겨낼 수 있었던 바탕도 성실이었다고 확신한다. 성실한 사람은 어느 곳에서든지 인정받게 되고 꼭 필요한 사람으로 선택받게 되며 이 사회를 이끌고 가는 원동력이 된다. 그리고 성실한 사람이 만든 제품에는 당연히 그 사람의 정성과 혼이 담기게 되며 그것을 사용하는 사람의 기쁨이 된다. 나는 우리 회사에서 생산하는 제품 하나하나에 성실히 일한 땀과 정성이 담기길 희망했고 그렇게 생산한 제품이 발주회사와 그 기계로 일하는 작업자들의 기쁨이 되도록 밤을 새워 연구하고 또 고민해야 했다.

그런 덕목을 늘 추구하며 일하자 직원들은 회사와 대표인 나를 믿어 주었고 거래처와 해외바이어들도 신뢰해 주었다. 그런 마음가짐은 우리 회사를 노동부지정 클린사업장으로 인정받게 해주었고 2009년도에는 국세청으로부터 성실납세사업장으로 선정하고 표창장까지 받았다. 또한 성실을 바탕으로 한 영업망은 국내는 물론 중국, 이탈리아, 슬로바키아, 일본, 멕시코로 이어졌고 2009년도에 100만불 수출의 탑도 수상하게 되었다.

나는 "성실"을 으뜸 덕목으로 창조적 기술력과 품질경영을 목표로 아름답고 탐스러운 기업문화를 꽃 피우고 싶었다.

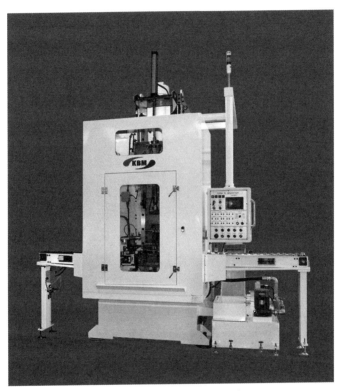

▲ 우리 회사에서 생산한 브로치머신

도전정신과 NC브로치머신의 개발

急변하는 경영환경에서 개인은 물론 기업도 도전정신 없이는 살아남을 수 없다. 그 만큼 고객의 니즈(Needs)는 더 새롭고 혁신적인 것을 추구하며, 당연히 그런 고객의 요구와 수요를 만족시키기 위해 기업은 끊임없는 연구개발에 몰두해야한다. 그런 변화에 대응하기 위해 우리 회사도 연구실을 신설하고 그 연구실을 이끌어갈 인재도 필요하여 브로치머신 분야 최고의 공학박사도 채용했다.

회사 조직의 직제는 기술부와 생산부, 연구개발실을 두고 기술부에서는 설계실과 영업부, 그리고 관리과를, 생산부에는 가공부와 전기과 조립반을 두었다. 즉, 영업단계에서 고객들로부터 수주를 받게 되면 고객이 원하는 제품을 설계하여 생산과 조립, 설치와 시운전이 가능하도록 하고 연구개발팀에서 새로운 신기술을 개발해 제품에 적용할 수 있도록 하였다.

우리 회사의 이름이 '브로치'이고 주력 생산품도 '브로치'이다. 그러다보니 사람들은 여자들 저고리의 깃이나 가슴 부위에 다는 패션 악세서리 장식품인 브로치(Brooch) 핀을 연상하는데, 브로치(Broach)라는 말은 공업용어로 자르거나 깎는데 쓰이는 공구류를 말하고 더 구체적인 표현은 금속이나 플라스틱 표면이나 구멍의 안쪽을 가공하는 기계를 의미한다.

자동차, 조선, 건설기계나 중장비, 농업용 기계류 부품의 조향장치, 엔진, 에어컨 및 구동장치에는 수많은 기어 치형이나 홀(Hole) 구멍을 가공해야 하는데 이런 기계부품의 구멍을 자동으로 가공하는 기계를 브로치머신이라고 칭한다.

브로치 가공 및 가공전용 기계를 생산하다보니 친구들이 가끔 "요즘 구멍 잘 파느냐?"는 농담을 던지기도 한다.

우리 회사의 가장 큰 자랑거리는 아무래도 자체 기술로 개발한 자동(NC)브로칭 머신이다. 특히, 브레이크(Brake) 부품 가공용 2축 테이블 리프트는 독보적인 위치를 점유하고 있다. 쉽게 말하면 브레이크 부품에 수많은 구멍을 동시에 자동으로 가동하는 기계를 개발해 이노비즈(INNO-BIZ), CE인증과 디스크 브레이커의 캘리퍼 가공장치로 특허를 취득하였고 NC브로칭 머신, 실링브로칭 머신, 수평브로칭 머신의 특허와 실용신안 출원도 하였으며 그러한 기술력을 바탕으로 국내 브로치머신 분야를 선도하며 그 시장의 90% 이상을 점유하고 있다.

우리 회사는 다년간 축적된 토탈 엔지니어링 설계 노하우를 바탕으로 고객이 필요로 하는 가공기계를 제작해 왔는데 검증된 기술력을 토대로 제조 산업에서 생산력을 극대화 할 수 있는 초고속 정밀제어를 구현한 첨단 브로칭 머신을 개발해 왔다. 고객의 니즈를 정확히 반영할 수 있는 고객 맞춤형 원스톱 솔루션을 제공하고자 진력을 다해 왔다.

우리 회사에서 제작하는 브로칭 머신을 좀 더 소개하고 싶다. 우선 "툴 무빙타입 브로칭 머신(Tool Moving Type Broaching Machine)"은 피삭제는 고정되고 공구가 이송하여 가공하는 메

카니즘으로 본체는 표준형으로 뉴공학과 전기적인 장치인 PAC 시스템장치를 조합하여 모든 작업이 자동화 되었고 이로 인하여 작업자가 간단한 버튼 조작만으로 신속하게 작업할 수 있다. 그리고 "테이블 리프트 타입 브로칭 머신(Table Lift Type Broaching Machine)"은 툴은 고정되고 공작물이 이송되어 가공하는 브로칭 머신이다. 전후 공정 연결이 용이하고 주로 자동화 설비라인에 사용되는데 가공작업 높이가 기존 작업보다 낮아서 작업대 설치나 준비 작업이 필요 없기 때문에 작업능률이 높고 안전한 작업이 가능하다. "테이블 리프트 타입 허브 가공용 실링브로칭 머신(Table Lift Type Hub Shilling Broaching Machine)"은 자동차의 부품인 허브 조립상태에서 내경 스풀라인을 브로치 가공하는 장비이다. 툴 무빙 타입이나 테이블 리프팅 타입과 같이 표준 브로칭 머신이 단품을 가공하는 장비라면 실링 브로칭 머신은 조립된 상태에서 브로치 가공이 가능하도록 개발 설계되었다.

우리 회사가 개발한 실링 모듈은 허브조립 상태에서 내부 가공을 할 때 베어링 부위에 절삭유가 유입되지 않도록 하는 기술을 개발해 이 기술을 특허 출원 하였다. 허브 조립상태로 가공을 하게 되면 정밀도가 높아지고 조립공정을 단순화 할 수 있어 생산성 증대와 원가를 절감할 수 있다. 또한 가공품의 면 곡선 등 외면을 가공하는 "서페이스 타입 브로칭 머신(Surface Type Broaching Machine)"은 그 형상이 복잡하여 밀링과 선반(NCT) 등에서 여러 번에 걸쳐 가공해야할 형상을 브로칭 머신에서 1회 이송으로 한 번에 가공할 수 있도록 개발한 장비이다.

　이러한 기술력의 정착은 회사를 더욱 튼튼하게 해 주었고 우리 회사에 납품하는 하청업체에는 13년 째 월 2회의 현금 결재를 해 주고 있다. 요즘 소위 "갑질" 때문에 세상이 시끄러운데 우리 회사의 파트너이며 동반자인 "을"을 소중히 여기지 않는 회사는 결국 "을"또한 "갑"을 소중히 여기지 않아 최종 고객의 신뢰를 얻을 수 없고 "을"의 원성과 경영란은 "갑"으로 전염되어 "갑" 또한 반드시 망조에 이르게 된다. 회사 직원들에게도 앞선 근로복지를 제공하고 싶다. 기업에서 일반적으로 제공하는 근로복지 차원을 넘어 새로운 만족을 주고 싶어 직원들에게 출퇴근에 소요되는 차량의 주유비를 지원해 주고 있다.

우리 회사 임직원들이 이런 획기적인 장비를 개발할 수 있었던 것은 끊임없는 창조와 도전 정신이었다. 그리고 수많은 경쟁업체와의 치열한 경쟁에서 이기기 위해서는 경쟁자들의 전략 수준을 훤히 간파해야 한다. 이를 위해 우리 회사는 이태리, 중국, 인도 등 지구촌 여러 곳에서 개최되는 기계산업 박람회에 적극 참여하고 있으며 2016년도에는 해외 수출 300만 불 달성이 목표이다. 결국 개인의 삶과 기업의 생존 이유는 가치창조이고 그 가치창조를 위한 첩경이 바로 무한도전이라고 할 수 있다.

▲ 한국브로치(주) 신제품 개발회의 모습

인화단결, 고객감동,
미래창조의 기업문화

한국브로치주식회사의 사훈은 인화단결, 고객감동, 미래창조이다. 인화란 여러 사람이 마음으로 서로 뭉쳐 화합한다는 의미인데 조사에 따르면 우리나라 기업체에 가장 흔한 사훈이 인화란다. 기업이나 공동체에서 그렇게 인화를 강조하고 추구하지만 진정한 인화를 이루기는 쉽지 않다는 의미이기도 하다.

"천시지리인화(天時地利人和)"라는 고사성어가 있는데 이는 '하늘의 운은 땅이 주는 이로움보다 못하고 땅이 주는 이로움은 사람의 화합보다 못하다'는 가르침이다.

반딧불이나 도깨비불도 한문으로 인화(燐火)라 하는데 마음이 서로 뭉쳐 화합하면 목표를 향해 함께 달리는 열정의 등불도 가슴마다 옮겨 붙어서 그럴 것이다. 즉, 인화(人和)는 인화(引火)로 이어지게 마련이다. 그리고 그 불이 일어나는 인화점도 최고경영자의 위치가 아니라 밑바닥에서 들불처럼 일어나야 모닥불처럼 활활 타오른다. 우리 한국브로치주식회사는 발주와 구매 그리고 자금의 결재마저도 업무담당자들이 직접 처리하도록 했는데 경영자인 내가 그런 책임경영을 실행한 것은 주인의식이 없이는 뭉치지도 화합할 수도 없다는 생각에서였다. 그래서 인화(人和)는 어진 덕을 베풀어 감화 시킨다는 인화(仁化)로 귀결된다. 그런 인화의 토대 위에 한마음 한뜻으로 한데 뭉치고 싶어 인화단결(人和團結)을 사훈의 으뜸으로 삼았다.

고객감동은 고객서비스, 고객만족, 고객감동의 3단계를 거친다. 고객들에게 서비스를 제공하는 단계(Customer Service)에서 일정한 재화를 지불하고 구매한 상품의 품질이나 성능이 만족감을 주는 고객만족(Customer Satisfaction)의 단계, 그리고 고객의 일반적인 만족에 머무르는 것이 아니라 깜

짝 놀랄 만큼의 각별한 감동을 선사하는 고객감동(Customer Surprise)의 단계로 이어진다. 감동은 기대 이상일 때 느낄 수 있는 감정이다. 그래서 감동을 주어야 사람이나 고객의 마음을 살 수 있고 사로잡을 수 있다. 그러므로 고객감동 없이는 반복적인 구매로 이어지지 않는다. 우리 회사 제품처럼 기계 한 대에 수억 원에 이르는 장비가 고객감동을 주기 위해서는 기계를 이용해 부품을 가공하고자 작업할 현장의 기계운전자 마음으로 그 기계를 설계해야 하고 그 기계를 통해 가공품의 적정한 품질과 이윤을 얻고자하는 기술적인 성능을 갖추지 않으면 안 된다. 이와 같은 고객감동의 사훈을 소중히 가꾼 덕분인지 몰라도 우리 회사의 기계를 구매한 고객들은 대부분 단골이 되었다.

나는 기계산업이 우리나라의 미래를 활짝 열어줄 것으로 확신한다. 항공우주산업도 기계산업이 그 밑바탕이 되고 첨단의 료산업과 로봇산업도 마찬가지이다. 자원이 풍부하지 않으면서도 잘사는 선진국들이 이를 증명하고 있다. 독일과 스위스가 좋은 예다. 그런 나라에서는 젊은이들이 무조건 대학에 가지 않는다. 기술을 배워 프로가 된다. 프로야구선수가 안타와

홈런을 많이 쳐서 높은 연봉을 받고 좋은 팀을 골라서 가듯이 우수한 기술자가 되면 미래를 보장 받을 수 있다. 신기술이 우리의 미래를 개척해 준다. 미래가 없는 사람과 기업에는 희망도 성공도 없다.

나는 직업적인 의식 때문인지는 몰라도 우리나라 행정부처 이름 중에서 미래창조과학부를 가장 좋아한다. 창조란 새로운 것을 만들어 내는 것을 뜻한다. 과거지향적인 사람은 추억을 먹고 살고 현재 중심적인 사람은 밥을 먹고 살지만 미래지향적인 사람은 꿈을 먹고 산다. 추억이나 밥이나 꿈 모두 사람이 살아가는데 필요한 요소이지만 꿈만큼 열량이 높고 열정을 갖게 하는 것은 없다. 꿈은 개인이나 조직을 쉽게 지치지 않게 하고 비전과 목표를 명확하게 해준다. 그러므로 미래창조 정신은 조직의 이정표와 나침반이 되어 준다.

우리 한국브로치주식회사를 통하여 브로치 머신의 새로운 미래를 창조하고 싶다. 우리 회사의 미래창조 기업문화가 유럽과 미국, 일본 자동차 선진국의 기술력을 추월하고 우리나라 자동차 산업의 경쟁력을 드높이는데 이바지하고 싶은 꿈에 아직도 나는 목마르다. 그런 꿈들이 새로운 특허와 기술로 만발하고 풍성한 경제적인 가치로 열매 맺어 회사 임직원은 물론 고객들에게도 풍요로운 기쁨을 선사해주면 더 바랄 것이 없겠다.

▲ 한국브로치(주) 제2공장 전경

한국브로치주식회사 제2공장 신축

우리 회사에 고객들의 주문이 늘고 매출이 오르자 기존 공장 500평이 좁아지기 시작했다. 문제는 생산한 제품들의 정리정돈이 안되고 부재들을 공장 밖에 야적하는 일까지 생기자 능률과 품질까지 영향을 미쳤다. 규모의 경제에 한계가 왔다.

그리고 우리 공장이 비좁다는 생각은 납품을 하러 고객들의 공장에 가 볼 때마다 더 들었다. 크고 반듯한 공장에 가지런히 정돈된 제품들을 보면 그렇게 부러울 수가 없었다. 물론 고민도 많았다. 옛날 생각하면 지금 공장만 해도 감지덕지 아니던가? 형편은 나아졌지만 공장증축 자금도 문제고 조직도 키

위야하고 영업과 생산은 물론 공장이 둘로 나누어지면 그만큼 관리력도 필요했다. 3,000평 규모의 신축공장에 내가 제일 좋아하는 소나무를 조경수로 가득 심고 싶었다. 소나무는 우리나라 국민성을 상징하는 대표 나무이기도 하고 사시사철 푸르게 회사를 지켜주길 바랬다. 잔디밭에 과일나무도 심어 철마다 주렁주렁 익은 열매로 직원들과 과일파티도 하고 아담한 연못에 잉어도 키우며 족구장에서 직원들과 막걸리 내기도 하고 싶었다. 큰 회의실과 직원들의 피로를 풀어 줄 샤워실과 수영장, 영화감상실, 헬스장도 갖추면 얼마나 좋을까? 그러나 그런 생각이 들때마다 욕심이라는 생각으로 나를 달래곤 하였다.

'궁하면 통한다.'고 했던가? 때마침 우리공장과 붙어 있는 바로 아래 공장이 매물로 나왔다는 소문이 돌았다. 마음을 다독일수록 머릿속은 그 공장을 인수하려는 생각으로 가득했다. 어쩔 수 없었다. 그 공장 주인을 만나 한 달 동안이나 인수가격을 절충했지만 역부족이었다. 내가 평가한 금액보다 너무 많은 금액을 요구했고 그 공장을 지을 때 내가 땅도 소개하고 여러 가지 도움도 주었는데 서운한 마음도 들고 자존심도 허락하지 않아 포기해야만 했다. 결국 그 공장은 다른 사람에게 팔렸고 아쉬웠지만 나와 인연이 없는 건물이라는 생각을 했다.

그런데 그 공장이 매매되고 3개월 정도 지나서다. 잘 알고 지냈던 고등학교 선배님께서 그 공장을 매수한 사장님과 잘 알고 지내는데 다시 그 공장을 매도한다며 나와 연결을 해 주었다. 몇 차례 만나서 인수가격을 협상하였는데 오히려 전에 매수하려 했던 가격에 절충도 되었다. 문제는 또 다른 매수자가 나타나 그 공장을 사겠다고 나와 경쟁을 하였다. 더 이상 망설일 수가 없었다. 며칠을 고민하다 매수 경쟁을 하던 사장님을 만나 내가 이 공장을 꼭 사야만 하는 이유를 솔직히 말씀드리고 협조를 구했다. 그렇게 제2공장을 인수하게 되었다.

계약하기 전에는 고민과 걱정도 많았는데 계약을 하니 오히려 일이 술술 풀렸다. 시청을 방문하여 금리가 낮은 양산시의 지원 자금을 받을 수 있었고 그동안 쌓아온 회사 신용도 덕분에 시중은행에서 아주 저렴한 대출로 중도금과 잔금도 치렀다. 공장을 인수한 후에 공장 주변에 화단도 만들고 나무도 많이 심고 공장의 조명도 LED등으로 교체하는 등, 비용은 적

지 않게 들었지만 리모델링으로 신축한 공장 못지않은 새로운 제2공장을 가지게 되었다. 그렇게 공장을 꾸며 놓으니 예전에 함께 일했던 사장이 찾아와 그 공장을 임대해 달라고 성화였다. 우리가 사용하고 남는 공장을 임대해 사이좋게 함께 사용하게 되었다.

제2공장이 본사와 가까이 있으니 집적효과로 관리비용도 절감되고 회사의 홍보나 영업 시너지 효과도 많은 것 같아 참 잘했다는 생각이 든다. 게다가 우리 회사의 생산과 매출규모를 키워 세계시장으로 확장해 나아갈 수 있는 기반을 확대해 나갔고 회사 가족들에게 쾌적한 근무 환경과 더욱 열심히 일할 수 있는 일터를 제공하고 젊은 인재들이 꿈을 펼칠 수 있는 터전을 만들었다는 생각이 더 큰 희망을 주게 되어 기뻤다.

우리는 새로 마련한 제2공장에서 더 열심히 땀 흘리고 새로운 기술력을 갖추어 더 많은 고객들의 만족과 회사 가족들의 보람을 일구어 낼 것이다. 또한 우리 회사에서 생산한 브로치 머신이 우리나라 자동차 산업 발전의 견인차 역할을 충실히 해내므로 회사 가족들의 보람을 복돋우어 그 가치와 열매를 이 사회와 이웃이 풍성하게 나눌 수 있도록 매진할 것이다.

또한 그렇게 정성을 모아서 더 크고 웅장한 한국브로치주식 회사 제 3공장을 신축하는 그날을 앞당기고 싶다.

▲ 2016년 중소기업청 혁신기업상

▲ 2016 한국일보 혁신기업 대상 상패

시장점유율 1위 기업을 꿈꾸며

자유 시장 경제에서 고객들의 점유율 1위란 것은 바로 생산한 제품이 고객들의 사랑을 가장 많이 받는다는 것을 의미한다. 한국브로치주식회사의 목표는 브로치산업분야 세계1위 점유율 확보이다. 그리고 그 목표달성의 길은 결코 쉽지만은 않겠지만 반드시 달성할 수 있는 실현 가능한 목표이며 우리 회사 가족들의 꿈이기도 하다.

고객이 원하는 좋은 기계를 만들어 고객에게 감동을 주고 또한 고객이 필요로 하는 새로운 기술의 신제품을 개발하여 생산성과 품질을 만족 시키며 이를 바탕으로 새로운 고객과 시장을 개척해 나아가는 영업활동을 지속한다면 그 꿈은 반드시 실현될 것이다. 그리고 브로치머신 생산과정에 좋은 부품을 사용해 고장을 최소화 하고 문제가 발생했을 때 신속한 애프터서비스로 고객들의 불만을 즉각 해소해 주는 것은 물론, 고장난 기계를 즉시 수리해 브로치머신의 가동률을 높여 고객의 생산성 향상에 힘썼다. 그것은 고객의 수익성과도 직결되고 시장점유율 확보의 비결이다.

자동차 한 대를 생산하는데 쓰이는 부품은 무려 3만여 개에 달한다. 그러므로 자동차 산업은 그 나라의 산업기술을 평가하는 중요한 지표가 된다. 또한 자동차 산업은 자동차 회사뿐만이 아니라 그 많은 부품들을 생산하여 납품하는 연관 산업에도 지대한 영향을 미친다. 우리 회사에서 생산하는 브로치머신도 자동차와 중장비 산업에 필수불가결한 분야이며 자동차의 중요부품을 가공하는 기계라 생산된 자동차의 품질과 생산원가를 좌우하는 핵심기술이다.

또한 브로치머신은 대표적인 고객맞춤형 장비이고 고객특화형 기계라서 미리 만들어 놓고 고객을 기다리는 영업이 아니라 늘 고객과 머리를 맞대고 고객이 원하는 기능과 기술을 개발 선점하여 충족시켜야 하는 분야이다. 그래서 새로운 미래 기술을 창조하지 않으면 도태될 수밖에 없다. 그러기에 지난 30여 년 동안 내가 이 분야의 연구개발에 몰두하지 않을 수 없었던 이유이다. 물론 그런 나를 보며 우리 회사 직원들도 연구개발의 중요성을 몸으로 직접 체험해 일하면서 제안하고 개선해 끝내 특허출원으로 승화시켰고 그 기술이 우리 회사의 강점이고 경쟁력이며 생명력이라는 것을 절감하고 있다.

자동차를 구성하는 부품 하나하나가 중요하지 않은 것이 없겠지만 브로치머신은 주로 자동차의 핵심을 담당하는 엔진과 변속기, 브레이크와 조향장치 등 중요부품을 가공하는 기계라서 핵심부품의 정밀도는 자동차의 생명력과도 같다. 즉, 우리 회사에서 생산한 브로치머신이 자동차의 진동과 소음을 최소화하고 연비와 엔진의 힘을 드높여 자동차의 수명과 가치에 중요한 역할을 하는 것도 우리 회사 가족들은 잘 알고 있다. 그러므로 명품 브로치머신 생산에는 이 분야의 명장 기술자들이 있어야 하고 우리 회사 가족들 대부분도 이 분야에서 장기간 근무한 숙련된 기술자라서 우리 회사의 든든한 자산이고 보배이다.

우리 회사가 우리나라 브로치머신 분야의 시장 점유율 1위를 차지한 것도 돌이켜보면 거저 이루어지지 않았다. 싼 부품을 사용하여 당장의 이익을 남기기보다는 고장이 잘 나는 부분에 남들보다 좋은 부품을 사용하여 고장 없이 오래 쓸 수 있도록 내구성을 높인 덕분이다. 그렇게 정성을 다하자 소문 난 음식점에 손님들이 몰려들듯 어느 순간부터 우리 회사 영업팀이 고객을 찾아가기 보다 고객들이 직접 우리 회사를 찾아와서 계약을 체결하는 매출이 전체의 절반을 넘어섰고 이제는 해외바이어의 발길로 이어지고 있다.

내가 우리회사를 일등기업으로 가꾸고 싶은 것은 잘 살고 싶어서이다. 나 뿐만이 아니라 우리회사 가족들 모두 잘 살게 해주고 싶다. 잘 산다는 것은 혼자만 풍요롭고 배부르게 사는 것이 아니라 이웃과 더불어 함께 잘 사는 것을 의미한다.

그동안 나는 자라나는 어린이들의 초록꿈들을 펼쳐주고 싶어 "초록우산 어린이재단"과 "유니세프"에 후원회원으로 꾸준히 동참해 왔다. 또한 대한적십자사의 사회공헌사업에도 미력하지만 힘을 보태왔다. 그리고 나눔은 경제적인 나눔도 중요하지만 시간과 삶의 나눔도 소중하기에 부산낙동로타리클럽에서 전개하는 활동에 직접 참여해 장애인들의 친구가 되어 주고 환경가꾸기 봉사에도 함께해 땀을 흘리기도 한다.

고등학교 후배들을 위한 모교 동창회의 장학사업에도 더 큰 힘을 보태고 싶고, 회사 주변의 절과 교회에 시주와 헌금도 더 나누고 싶기도 하다. 그러기 위해서는 우리회사가 더 튼튼한 기업이 되어야 하고 나눌 수 있는 열매를 맺어야 한다.

우리 회사가 더 나아가 브로치머신 세계 시장점유율 1위를 목표로 비전을 세운 것도 대표이사 나만의 땀과 꿈으로는 불가능하다. 우리 회사 가족들 모두 세계 1등이 되고 싶은 꿈을 공유하고 그 꿈을 향해 함께 달려가고 있기 때문에 그 꿈은 반드시 이루어질 것이다.

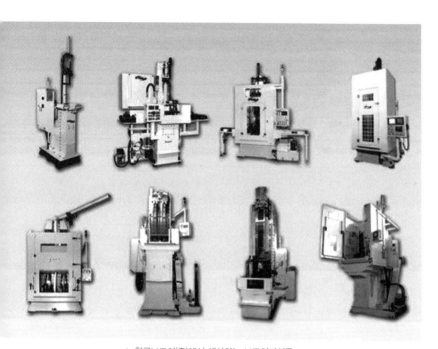

▲ 한국브로치(주)에서 생산하는 브로치머신들

정정환 자서전

황매산이 키운 브로치 꽃

ⓒ정정환, 2016. printed in seoul, Korea

초판 1쇄 | 2016년 07월 25일

지은이 | 정정환
펴낸이 | 임세한
책임편집 | 박해림
디자인 | 유재미 정지은

펴낸곳 | 시와소금
등   록 | 2014년 01월 28일 제424호
발   행 | 춘천시 충혼길 20번길 4, 시와소금 (우-24436)
편   집 | 서울시 송파구 백제고분로45길 15, 302호

전자주소 | sisogum@hanmail.net
구입문의 | ☎(02)766-1195, 010-5211-1195

ISBN 979-11-86550-21-2 03810

값 12,000원